# Os Manuscritos Encantados da Senhora Trampolim

Dados Internacionais de Catalogação na Publicação (CIP)
(Câmara Brasileira do Livro, SP, Brasil)

Rios, Rosana
  Os manuscritos encantados da senhora Trampolim/ Rosana Rios; [ilustração Veridiana Scarpelli]. - São Paulo: Editora Melhoramentos, 2019.

  ISBN 978-85-06-08630-8

  1. Contos - Literatura juvenil I. Scarpelli, Veridiana. II. Título.

19-29245                                              CDD-028.5

Índices para catálogo sistemático:
1. Contos: Literatura juvenil 028.5

Iolanda Rodrigues Biode - Bibliotecária - CRB-8/10014

**Obra conforme o Acordo Ortográfico da Língua Portuguesa**

©2019 Rosana Rios
Ilustrações de ©2019 Veridiana Scarpelli

Projeto gráfico e diagramação: Amarelinha Design Gráfico

Direitos de publicação:
© 2019 Editora Melhoramentos Ltda.
Todos os direitos reservados.

1ª edição, 3ª impressão, agosto de 2023
ISBN 978-85-06-08630-8

Atendimento ao consumidor:
Caixa Postal 169 – CEP 01031-970
São Paulo – SP – Brasil
Tel: (11) 3874-0880
www.editoramelhoramentos.com.br
sac@melhoramentos.com.br

Impresso no Brasil

Rosana Rios

# Os Manuscritos Encantados da Senhora Trampolim

Editora Melhoramentos

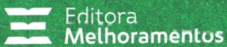

# Sumário

## Prólogo
Cidade-fantasma 7

## Capítulo I
Primeiro Caderno de Esmengárdia: lendas, água e encantamentos 23

O brejo e a freguesia 26

Sapos, mosquitos e gatos 34

## Capítulo II
Segundo Caderno de Esmengárdia: gatos, política e lesmas 39

Futebol e política 42

A placa fatídica 45

## Capítulo III
Terceiro Caderno de Esmengárdia: imigrantes, política e futebol 53

Legumes, verduras e água do brejo 56

Começa a guerra 62

## Capítulo IV
Quarto Caderno de Esmengárdia: da nobre arte de engolir sapos 67

As partidas trágicas 70

## Capítulo V
**Quinto Caderno de Esmengárdia: a última tragédia** 79

Polícia, política e esporte 82

A culpa foi da melancia 90

## Capítulo VI
**Sexto Caderno de Esmengárdia: água, água e mais água** 95

A última edição 98

A suspeita número um 100

Confronto 109

Nasce uma cronista 117

## Capítulo VII

Agora, sim, cidade-fantasma 123

Cronologia 132

# Prólogo
## Cidade-fantasma

Não, eu não sou a senhora Trampolim. Sou só uma escritora que tem em mãos seis cadernos que foram dela, manuscritos que vieram parar aqui por conta de estranhas magias.

Claro, se você não acredita em magia, pode arrumar outra explicação. Acaso, coincidência... A verdade é que estes seis cadernos estão comigo só porque, num dia de verão, eu cismei de olhar pela janela de um trem.

Tudo começou quando fiz uma viagem curta pela ferrovia. Ia da capital, onde moro, para Duvidópolis, uma cidade do interior. O trem parou em várias estações a caminho... E, ao passar entre duas cidades, Borrecida e Chatiada, vi, pela janela, uma construção.

Parecia uma estação ferroviária abandonada, coberta de mato. Tinha paredes, telhado, guichê, placa. Não consegui ler o nome da cidade, pois a parte de baixo da placa estava quebrada. Era como se uma boca gigante tivesse mordido a coitada.

> Nota mental: bocas gigantes mordendo placas dariam uma boa história...

Bom. O trem passou, a estação detonada sumiu, e eu fiquei cismada.

Cisma é coisa típica de escritor: autores de história adoram cismar ao verem coisas estranhas, e pode apostar que cada cisma acaba virando livro.

Assim que cheguei a Duvidópolis, fui fazer perguntas a um funcionário, para tirar a cisma.

– Sabe a cidade de Borrecida? Entre ela e Chatiada, vi uma estação ferroviária no meio das árvores, mas o trem não parou lá. O senhor sabe que estação é aquela?

O homem me olhou como se eu fosse maluca, desocupada ou alienígena.

– Tem estação nenhuma ali não. Nem cidade, nem bairro, nem vila. Ali só tem mato e brejo.

Eu podia insistir. Podia mandar chamar o chefe dele e o chefe do chefe dele para descrever a estação direitinho. Mas seria perda de tempo:

mais gente olharia pra mim como se eu fosse doida, sofresse de falta do que fazer ou tivesse acabado de chegar de outro planeta.

– Tudo bem, obrigada.

Resolvi então olhar um grande mapa da região que estava pendurado em uma parede da estação. Logo encontrei as cidades Borrecida e Chatiada. Passei o dedo entre uma e outra, formando uma linha reta, e encontrei uma bolinha pintada de vermelho no meio do caminho.

Foi difícil ler o que estava escrito ao lado da bolinha. Para enxergar melhor, precisei fuçar na bolsa e pegar uma lente de aumento.

(Sim, levo uma lente de aumento na bolsa. Tá cheio de gente por aí que carrega coisas insólitas na bolsa, e nem todos são doidos. Ou escritores.)

O funcionário da companhia de trens já estava me olhando de um jeito ainda mais esquisito, mas consegui entender o que estava escrito no mapa, ao lado da bolinha.

Era "Brejo Molhado do Oeste".

Guardei a lente na bolsa e saí da estação. Tinha acabado de descobrir uma cidade que não existia, no meio de um matagal e de um brejo. Com bolinha vermelha no mapa do estado. E com uma estação arrebentada onde, quem sabe, um dia, os trens tinham parado.

Por que não paravam mais lá? Por que a estação estava arrebentada? E por que o homem da companhia disse que ali não havia nada?

Era esquisito. Era misterioso. E era uma ótima ideia para um livro!

Mais uma vez, minha cisma ia virar história.

Eu só precisava dar um jeito de ir até aquela cidade...

No final do meu passeio, tentei descobrir como chegar no tal Brejo Molhado do Oeste.

Já sabia que de trem não seria possível. Então fui à rodoviária de Duvidópolis e perguntei se existia alguma linha de ônibus até lá. Claro, a moça atrás do guichê pensou o mesmo que o homem da estação ferroviária.

Maluca. Desocupada. Alienígena.

– Nenhuma empresa de transporte faz viagem para essa localidade, senhora.

– Certo – eu respondi. – E para Chatiada? Ou Borrecida?

– Ah, para essas duas existem serviços em diversos horários. A senhora prefere ônibus comum ou ônibus leito?

Aquilo não estava indo nada bem. Suspirei e respondi:

– Nenhum dos dois, minha filha. Eu quero ir é para Brejo Molhado do Oeste.

Silêncio do outro lado do guichê. Demorou um pouco até a moça dizer:

– Não consta cidade, subdistrito ou localidade em nossos registros com esse nome, senhora.

Agradeci a informação e desisti de ir de ônibus.

Próxima tentativa: internet. Fui à biblioteca e usei um computador público. Abri mapas digitalizados, instrumentos de busca, enciclopédias virtuais, arquivos de notícias de jornal. Em algum lugar, eu tinha certeza, ia encontrar alguma coisa sobre a tal cidade, subdistrito, localidade.

Uma hora depois, não tinha mais certeza de nada. Só achei um mapa do estado parecido com o da estação, com a bolinha vermelha no mesmo lugar e sem nada escrito.

Mas, como quase todo escritor, além de cismada, eu sou teimosa. Resolvi pesquisar mais um pouco. E foi aí que encontrei uma nota de falecimento em uma página de jornal. A data era 5 de julho de 1885, e a nota dizia:

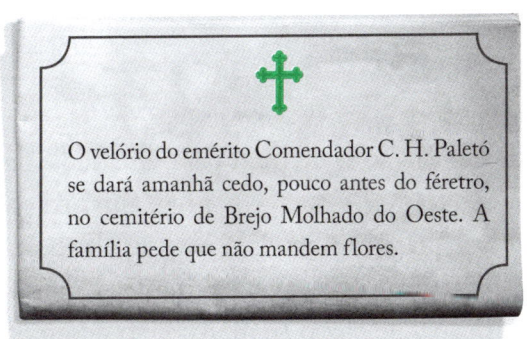

O velório do emérito Comendador C. H. Paletó se dará amanhã cedo, pouco antes do féretro, no cemitério de Brejo Molhado do Oeste. A família pede que não mandem flores.

(Outra das coisas que nunca faltam na minha bolsa de escritora.)

Copiei a notícia no meu caderninho e olhei para o computador. Sempre acho que computadores olham de volta para mim. Eles sabem o que estou pensando... Pode ser por isso que tenho mania de falar com eles.

– Veja, computador, esse lugar existiu um dia. Ou não haveria uma notícia sobre o tal comendador, nem uma bolinha vermelha no mapa! Vai ver que Brejo Molhado do Oeste não foi uma cidade de verdade, apesar de terem construído uma estação de trem lá. Pode ter sido uma vila ou bairro. Mas tinha até cemitério, e eu sei muito bem que "féretro" é a mesma coisa que "enterro"!

O computador fez *blip*. Uma bibliotecária me olhou com uma cara parecida com a do rapaz da estação e a moça da rodoviária. Mesmo assim, acreditei que era um bom sinal.

– Não, computador, eu não fiquei louca. E para provar que sou uma escritora quase normal, vou até lá... Tem de haver um jeito.

Havia. Era só ir de trem para Chatiada, descer na estação da cidade e lá pegar um táxi para as ruínas que eu tinha visto pela janela. Se não descobrisse nada, pelo menos tiraria a cisma.

Animada, peguei o trem. Mas, ao desembarcar, desanimei. O taxista parado no ponto da estação também achou que eu era doida.

– Não tem nada lá, dona, só mato e brejo – disse ele, quando expliquei qual o meu destino.

– Pois então me leve para onde termina o mato e começa o brejo – teimei.

Demoramos mais de uma hora para passar por uma estrada asfaltada, uma rua de paralelepípedos e uma estradinha de terra. Finalmente, o táxi parou num descampado de onde eu conseguia ver a construção. Aquela que todo mundo tinha dito que não existia.

– Pode me deixar aqui – pedi ao taxista, separando o dinheiro para pagá-lo.

Ele olhou para a estação que não deveria existir, aceitou o dinheiro e nem esperou eu dizer "tchau". Assim que saí do carro e fechei a porta, disparou de volta à estradinha.

Andei até chegar à estação de trem misteriosa e, naquele momento, senti medo.

O lugar era cercado por sons constantes. Grilos grilando. Moscas zoando. Sapos coaxando.

A estação só tinha de pé a parede da frente, uma janelinha de guichê e um pedaço de telhado. A placa arrebentada dizia *"Estação Ferroviária Br ___ ste"*.

(A boca gigante imaginária devia ter comido as letras que faltavam.)

Por dentro, tudo despencara num mar de tijolos, telhas e terra. A lama e a água do brejo invadiam o espaço, e por cima da pilha de detritos balançavam-se teias de aranhas. Era como se alguém tivesse destruído a estação de propósito. Como se nos buracos da parede houvesse olhos ocultos me espionando...

Saí da estação depressa, achando que o restante dela ia cair em cima de mim.

Fui parar num caminho estreito, com o chão forrado de pedrinhas cinzentas. O mato e o brejo também o estavam invadindo, mas consegui passar. E lá adiante havia, sim, uma cidade! Vi postes tortos com fios caídos, telhados, tufos de árvores, um espaço que podia ter sido uma praça.

Era uma cidade-fantasma. Mas parecia menos assustadora que a estação, e fui para lá.

A primeira criatura que vi foi um gato sentado, lambendo as patinhas no meio da ex-praça. Era redonda, tinha um coreto sem telhas, canteiros de flores malcuidadas e árvores ao redor.

Para lá da praça só vi paredes despencadas invadidas pela água e pela lama, com plantas espinhentas e canas-do-brejo brotando.

O gato me olhou de um jeito estranho. Parecia que ele ia dizer alguma coisa. Levantou-se, andou para uma rua ao lado, o único caminho seco da cidade-fantasma, parou e miou.

– Você quer que eu vá por aí? – perguntei.

*(Nota mental: gatos guiando pessoas em cidades-fantasmas dariam uma história mais interessante ainda! Se é que ela já não foi escrita.)*

Só lembrando: se escritores falam com computadores, nada mais normal que conversarem com gatos, cachorros e a ocasional lagartixa.

Ele não respondeu, mas fui atrás do bicho.

Ao me aproximar, percebi que era uma fêmea.

E dei com a única casa que parecia inteira na rua. A porta estava aberta e ouvi alguém lá dentro falando... A cidade era habitada por gente, afinal!

Aí a gata miou alto, e uma mulher apareceu na porta.

Era magra e tinha os cabelos grisalhos. Simpática, sorriu e estendeu a mão para mim:

– Que bom receber visitas! Entre, entre. Está bem na hora do chá. Meu nome é Esmengárdia das Lajes Trampolim. A senhora é escritora, não é?

Nem tive tempo de perguntar como a dona da casa tinha adivinhado minha profissão. Ela me levou para uma sala agradável, com sofá e cadeiras revestidas de tecido colorido. Havia porta-retratos na parede em volta de um relógio cuco. A gata entrou também e foi comer ração num canto. E nós nos sentamos junto a uma mesa redonda com uma toalha xadrez vermelha, sem que a mulher parasse de falar.

– Lá fora as pessoas não acreditam que esta cidade exista. Só mesmo quem tem imaginação ou curiosidade é que aparece em Brejo Molhado do Oeste. E quem seria mais imaginoso ou mais curioso que os escritores? Isso se a gente não contar os gatos, hi hi hi! Minha finada mãe costumava dizer que "a curiosidade matou o gato". Não é interessante como os ditados populares são verdadeiros? Pena que hoje em dia nem os gatos andem mais por aqui, só restou a Hécate. Ela descende de uma antiga linhagem de felinos mágicos, como qualquer um pode ver só de olhar para ela. Da mesma forma que eu sei que uma pessoa é escritora, só de olhar para ela! Aposto que a senhora também sabe reconhecer um profissional de letras. É preciso ser um de nós, não é? Aliás...

Nesse momento a mulher fez uma pausa, porque uma chaleira chiando na cozinha atraiu sua atenção; e eu aproveitei para dizer alguma coisa.

– A senhora também é escritora, dona Es... Esmengárdia?

– Pode me chamar de Esmê. Sou, sim! Só que não escrevo contos, novelas ou romances: sou cronista. A cronista da cidade. Toda cidade precisa de um cronista, não acha?

A simpática dona da casa foi para a cozinha e tirou a chaleira do fogão sem parar de falar. Trouxe para a mesa xícaras, talheres, uma cesta cheia de pãezinhos caseiros, manteiga, geleia, um prato com um bolo maravilhoso e uma caixa de madeira que continha saquinhos de chá.

– Sugiro que escolha entre estes saquinhos da direita, que são chás de ervas: cidreira, camomila e alecrim serão mais do seu agrado que os da esquerda. Quando a gente tem muitas vizinhas que são bruxas, é preciso ter em casa uma provisão de chá de asa de morcego, pestana de dragão e gosma de sapo, não é verdade? Mas eu sempre gostei mesmo é de erva-cidreira, hi hi hi!

Achei mais uma brecha para falar enquanto ela servia a água quente nas xícaras e ria.

– A senhora tem vizinhas que são… bruxas?

Esmê parou de rir e olhou ao redor, apreensiva.

– Não! Isso foi antes. Não resta mais nenhuma bruxa em Brejo Molhado do Oeste. A não ser *ela*… Mas *ela* está diferente agora, já não enfeitiça mais ninguém. Talvez. Eu acho. Agora, se me dá licença, vou pegar os cadernos enquanto a senhora toma seu chá! Assim o meu já esfria; sempre detestei chá quente demais, sabe.

Mas aquela conversa sobre gatos mágicos, pestanas de dragão e gosma de sapo era preocupante. Cheirei os pães e o bolo e mergulhei um saquinho de chá na água. Como o aroma parecia normal, tomei um gole. O gosto era ótimo, e eu não me transformei em nada. Imaginei que seria seguro continuar o lanche.

Em um minuto a dona da casa voltou com uma pilha de cadernos, que pôs sobre a mesa. Sentou-se e provou um gole da bebida já não tão fumegante.

– Ah, agora o chá está do jeito que eu gosto. Experimente a geleia de morangos, eu mesma fiz, assim como o bolo de laranja. Era o lanche preferido do meu finado marido e dos meninos,

> Ela foi mexer num armário junto ao canto em que Hécate comia ração. Fiz outra nota mental: uma cidade cheia de bruxas daria uma excelente história, apesar de a ideia não ser inédita!

mas desde que ele morreu e nossos filhos foram morar em Brejo Seco do Leste eu tomo chá sozinha, e a senhora sabe, bolo com geleia sempre é melhor em boa companhia, hi hi hi!

Ela tomou metade do chá num só gole, fazendo uma pausa mais longa, dessa vez.

– Dona Esmê, estou confusa. A senhora estava esperando visita hoje? De uma escritora?

Ela pousou a xícara e sorriu, amigável.

– Claro! Minha intuição sempre me disse que um dia desses alguém viria. Sabe, eu não quero ir embora e levar meus cadernos encantados. Preciso deixá-los com alguém de confiança. Alguém que tenha imaginação e curiosidade, ou seja, um escritor ou uma escritora! Já que a senhora veio, pode ficar com eles, ler as crônicas e, quem sabe, um dia, publicá-las num livro. É importante que o mundo saiba que nós existimos. Que Brejo Molhado do Oeste foi uma cidade de verdade e deixou sua marca na História. Que não somos só um pedaço de terra cheio de mato e água!

Ela mordeu uma fatia de pão caseiro com manteiga, e eu disse:

– A senhora vai embora da cidade? E por que não publica as tais crônicas por sua conta? Se é a autora dos textos...

A gata miou. Esmê olhou ao nosso redor de novo, mais apreensiva do que antes.

– Não seria seguro. Acredito até que *ela* não tenha mais forma humana, mas é melhor tomarmos cuidado. Não, senhora, os cadernos são seus agora. Faça o que quiser com as crônicas. Leia, divulgue, publique. Se não quiser, nem precisa citar meu nome. Eu não quero ganhar dinheiro com elas. Além disso, vou me mudar num dos próximos fins de semana: eu e Hécate vamos morar perto dos meus filhos em Brejo Seco do Leste. Antes que a decadência aumente, o encantamento nos alcance e esta casa seja engolida pelo brejo, como aconteceu com as outras.

Dessa vez ela parou mesmo de falar e concentrou-se em passar geleia numa fatia de bolo. Parecia triste. A gata saltou para seu colo e miou, solidária.

– Por acaso – eu perguntei, com um pouco de medo – esse tal encantamento não pode me alcançar também? Caso eu leia os seus escritos?

Ela agradou a gata e voltou a sorrir.

– Não tem perigo. Sei que muitos foram transformados e as casas foram destruídas, mas agora o poder *dela* está restrito ao brejo. Até o feitiço coçante da estação se esgotou. E, como os cadernos são meus, e sou cercada por certa magia de proteção, eles são encantados. A senhora estará perfeitamente protegida! Eu acho. Desde que saia da cidade antes de a noite cair, claro. Depois que escurece tudo por aqui fica... um pouco... esquisito.

Eu quase engasguei com o último gole de chá. Aquele lugar ia ficar mais esquisito ainda?!

Olhei para o relógio cuco, que marcava 3h30 da tarde. Tratei de me levantar.

– Acho que vou indo... Preciso voltar para Chatiada. Imagino que terei de andar, não vou encontrar um táxi no meio do brejo, não é?

Dona Esmê se levantou também e pegou a gata nos braços.

– Não, mas há um atalho. A Hécate vai ensinar o caminho à senhora. Muito obrigada por ter vindo. Foi um prazer ter sua companhia para o chá. Não esqueça os cadernos!

Foi a primeira vez (e achei que seria a última) que vi dona Esmengárdia das Lajes Trampolim. Ela acenou para mim da porta, com seu sorriso simpático, enquanto eu carregava os cadernos e ia atrás da gata.

A felina encontrou um caminho seco entre a estradinha de pedras cinzentas e a estação-fantasma. Demos numa estrada asfaltada, onde havia uma venda e um ponto de ônibus. Ali, várias pessoas esperavam a condução. Parecia um canto comum do interior, e nada me sugeriu mais notas mentais para possíveis histórias. Hécate miou e sumiu no mato.

Fui à venda, comprei um pacote de biscoitos e uma garrafinha de água. Guardei os cadernos na sacola de papel que me deram e logo apareceu um ônibus.

Embarquei nele com as pessoas que o esperavam e, em menos de quinze minutos, chegamos à cidade de Chatiada. Era só pegar o trem para a capital e logo eu estaria em casa.

Já estou em casa, diante do computador. Ele me olha de um jeito esquisito. Deve saber que vou começar a digitar o conteúdo dos cadernos encantados que contêm as crônicas escritas à mão pela senhora Trampolim.

Li todas elas antes de me decidir a divulgá-las. Os manuscritos foram grafados numa letra clara e caprichada. Isso confirmou minhas primeiras impressões: sua autora é uma mulher organizada, simpática e agradável. Uma boa pessoa, que qualquer um gostaria de ter na família ou na vizinhança.

Concordo com ela. Não se pode apagar a História, seja por magia, autoritarismo ou preconceito... Brejo Molhado do Oeste existiu, e sua existência precisa ser lembrada e marcada – mesmo que seja por um livro que as pessoas achem que é de histórias, de crônicas, de ficção.

Espero sinceramente que, a esta altura, Esmê esteja segura, morando com os filhos e a gata em Brejo Seco do Leste. Desejo que seus cadernos realmente contenham encantamentos de proteção e que essa magia se estenda aos arquivos que estou prestes a criar.

Mais do que tudo, espero que *ela*, a tal bruxa (que agora já sei quem é), não tenha mesmo nenhum poder fora daquele lugar. Pois a história que as crônicas contam, que estou prestes a digitar e que, um dia, os leitores conhecerão, é complicada.

Absurda. Inacreditável. Mágica!

Julgue você mesmo, leitor. Quanto a mim, só me resta desejar que isso tudo realmente seja apenas ficção. Porque, se não for... Pode ser que eu e todos os meus leitores estejamos em perigo.

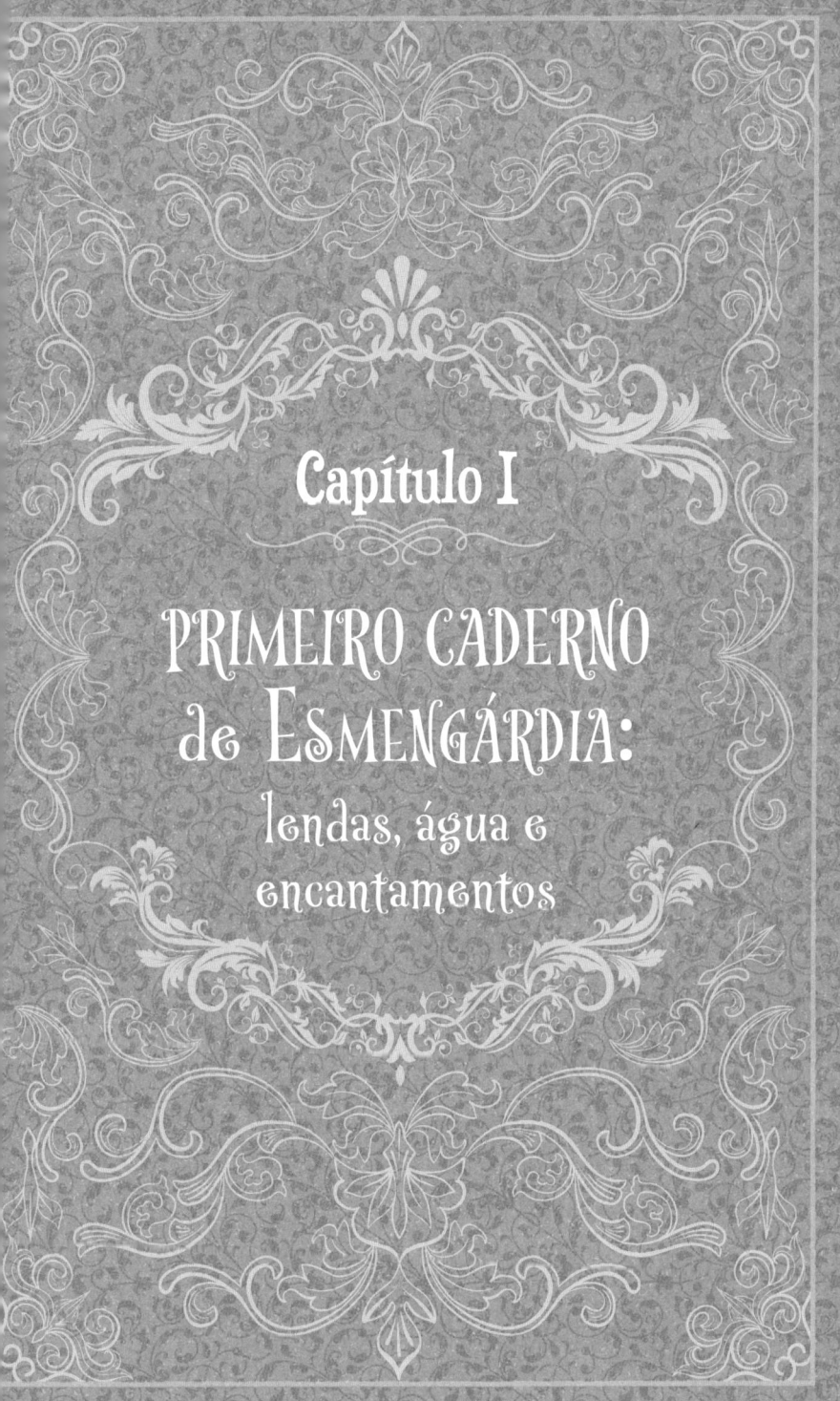

A cidade vai morrer afogada.

Não sou bruxa, como tantas que viveram em Brejo Molhado do Oeste, mas presto atenção aos sinais e sei o que está acontecendo...

Este lugar nasceu da água e para a água voltará, mais dia, menos dia.

Por isso, resolvi escrever as histórias que guardo na memória.

Tenho tempo. Depois que meu marido morreu e meus filhos foram morar longe, nesta casa moramos só eu e Hécate, a gata.

Nasci e cresci aqui. Ouvi todas as lendas sobre as pessoas que fizeram parte da cidade; conheci a maioria delas e seus descendentes. Pesquisei durante anos. E vou começar a escrever. Serão crônicas históricas, acho. Retratos de um lugar que, mesmo parecendo normal, é totalmente mágico. Como sou bastante organizada, achei que o melhor jeito de começar seria contar sobre a fundação de BMO, do jeito que os professores nas escolas municipais sempre contaram. De cor.

Meus motivos principais para registrar esses fatos são:

a) Essa narrativa histórica nunca foi escrita.

b) Quero manter viva a lembrança da cidade antes que ela suma da memória deste mundo.

c) Preciso escrever antes que o encantamento que me protege se esgote!

Vamos, então, ao início dos meus manuscritos.

# O brejo e a freguesia

A história deste lugar começou no início do século XIX em Borrecida, uma cidade do interior. E sua personagem principal foi uma menina que lá nasceu e recebeu o nome de Oristânia.

Essa menina pertencia à rica família Sapone. Desde criancinha, ela sempre soube que era uma bruxa poderosa. Apesar disso, durante muitos anos, dedicou-se

apenas a preparar poções de cura, chás, unguentos e elixires. Não voava em vassouras e muito menos botava feitiço nos outros.

Porém, quando seus pais resolveram mudar-se para Chatiada, a cidade vizinha, tudo mudou. Ela notou que havia um grande brejo entre os dois municípios e descobriu que ele tinha o condão de aumentar seus poderes.

Como todo mundo sabe, a proximidade de mangues, pântanos e brejos é ótima para quem pratica magia, graças aos encantos da água e aos moradores de regiões brejosas: sapos, pererecas, rãs, cobras d'água, além dos mosquitos e das aranhas – a alegria da saparia e o desespero das pessoas.

Água de brejo, meleca de pântano, cocô de mosquito, gosma de sapo, teias aracnídeas e cuspe de perereca são ingredientes fundamentais para poções e elixires, já que possuem propriedades encantadas. Por isso, esse tipo de lugar sempre atraiu bruxas, magos, feiticeiros – e isso acontecia mesmo antes de livros sobre escolas de magia virarem moda.

Morando perto do brejo, Oristânia começou a fazer experiências com tais ingredientes.

Suas poções e seus chás se tornaram poderosíssimos! Curavam na hora joelhos arranhados, verrugas, soluço, vontade de comer manga com farofa, dor de cotovelo e manha de criança birrenta.

Mas foi apenas vários anos depois de sua mudança, quando já era mãe de uma linda menina, que madame Sapone ganhou fama de bruxa. E das assustadoras, dessas que não se provoca de jeito nenhum (mesmo que não tenham a pele verde).

Diz a lenda que, num belo dia de verão do ano de 1847, ela passeava pela praça principal de Chatiada, entre os jardins e um laguinho cheio de sapos. Então, sua filha única, Livra, de dezessete anos, apresentou-lhe um colega de escola que estava na praça jogando pedrinhas nos sapos do lago.

– Mamãe – disse a moça –, este é o Senhor Cansaldo. Ele frequenta o último ano do Liceu.

– Muito prazer, madame Sapone. – Sorriu o rapaz, estendendo a mão mole para cumprimentá-la. – Cansaldo Mofino Horta Paletó, a seu dispor.

O encontro fora planejado pela jovem para que a mãe conhecesse o namorado (ela havia se apaixonado após trocar beijos com ele atrás do coreto). Conhecendo a mãe que tinha, sabia que um encontro na praça cheia de gente evitaria que ele fosse transformado em lesma ou barata.

Oristânia adivinhou tudo num instante e analisou, com um olhar de congelar pinguim, o abusado que namorava sua filha. Bruxa experimentada logo percebeu que Cansaldo era um filhinho de papai que nunca havia feito o menor esforço na vida; sofria de preguiça aguda.

Conclusão: aquele infeliz não seria um bom marido para sua filha.

– Então o senhor é o herdeiro dos Horta Paletó, os donos da maior loja de material de construção da cidade? – perguntou ela.

O preguiçoso disparou um sorriso arrogante que confirmou suas suspeitas.

– Sim, madame. A loja foi de meu bisavô e de meu avô. Hoje pertence a meu pai.

– Mas o Cansaldinho não precisa trabalhar lá, sua família tem posses – acrescentou Livra, toda engambelada pela pose do sujeito. – Ele se interessa mais por assuntos culturais.

– Entendo... – foi a resposta da mulher. – Talvez o senhor nos dê a honra de jantar lá em casa um dia desses para nos falar sobre seus interesses "culturais"...

Cansaldo aceitou o convite, para a alegria da namorada. E Oristânia já fazia planos para ele. Decidira que, se aquele inútil havia enfeitiçado sua filha com promessas de amor, ela poderia enfeitiçá-lo – literalmente – com algo bem mais potente.

Não deu outra.

Livra era graciosa e inteligente. A mãe havia acertado ao lhe dar esse nome, pois a menina era apaixonada por leitura; desde que engatinhava pela casa, adorava pegar livros, olhar as figuras e tentar decifrar as letras. Um costume que foi a causa da separação de seus pais...

O marido de Oristânia se chamava Desim Portant e não era uma boa pessoa; era mandão, não gostava de trabalhar e vivia da fortuna dos Sapone. Oristânia até fora apaixonada por ele, mas certo dia sua paciência esgotou-se. Ela o viu tirar um livro das mãos da filha, que estava sentada no chão da sala folheando um exemplar enorme de *Dom Quixote* com ilustrações de Gustave Doré.

– Onde já se viu um bebê mexendo num livro valioso?! Vai estragar. E meninas nem precisam aprender a ler – ele havia dito, sem ligar para o choro da pequena, que começara a berrar.

Oristânia não teve dúvidas. Foi para o quarto, arrumou a mala do marido, voltou à sala, jogou a mala em cima dele e disse:

– Aqui não há mais lugar para você: a partir de hoje, estamos separados. E suma da cidade antes que eu o transforme em pernilongo e alimente os sapos do lago com sua insignificante pessoa!

Desim ia brigar, esbravejar, bater o pé. Para sua sorte, lembrou-se a tempo de que:

a) O lago da cidade estava cheio de sapos.

b) Oristânia possuía poderes mágicos incríveis e seria bem capaz de cumprir a ameaça...

Ele engoliu a raiva e escafedeu-se. Pegou a mala, foi para a estação ferroviária e comprou passagem para sabe-se lá onde. Nunca mais ninguém ouviu falar nele, e a vida de mãe e filha se tornou bem mais agradável. Com muitos livros, os quais a pequena podia fuçar à vontade.

Talvez por recordar a decepção que tivera com o ex-marido, Oristânia estava decidida a impedir que Livra vivesse presa num casamento parecido ao dela.

No dia em que o namorado da jovem apareceu para jantar, ela lhe serviu uma sopa misturada à sua mais recente criação: um fortíssimo elixir antipreguiça. A sopa estava tão quente, que Cansaldo sentiu que lhe queimava até a alma, além da língua e da garganta. Mas engoliu corajosamente as primeiras colheradas, de olho na namorada.

Filha de família rica, graciosa e inteligente, aquela garota era o melhor partido que ele encontraria na cidade. E estava apaixonada pelo rapaz, que ansiava por ficar noivo. Isso faria seu pai parar de reclamar que não ajudava em nada na loja e que era um grandessíssimo preguiçoso.

Segundo antigos moradores de Chatiada, Cansaldo passava as manhãs tomando café e as tardes almoçando. Aí, cansado demais para ir trabalhar, deixava o solar dos Paletó e ia até o colégio, onde fingia assistir aulas e cortejava as moças bonitas. Após passear com alguma colega pela praça (passeios que sempre terminavam atrás do coreto), ele jogava algumas pedras nos sapos do lago e ia para casa. Esperava o jantar, depois do qual entupia-se de doce de abóbora, sua sobremesa favorita.

Então só lhe restava ir dormir. Vida boa... Mas terminaria naquele ano, com sua formatura no Liceu. Por isso, antes que o pai o alistasse no exército, como sempre o ameaçava, o jovem decidira que a melhor estratégia seria ficar noivo de uma herdeira. Esse raciocínio o levara ao coreto com Livra, ao encontro com a mãe dela na praça, ao jantar.

E à sopa.

– *Eftá* uma *delífia, fenhora Fapone* – disse ele à futura sogra, sem perceber que sua boca havia inchado e que lhe saía fumaça esverdeada pelas orelhas e pelas narinas.

Oristânia passou a noite observando a cobaia. O enamorado não demonstrou nenhum sintoma rápido; entretanto, ela sabia que os efeitos se manifestariam em 24 horas. Havia testado o elixir em um sapo todo estropiado que vivia no laguinho da praça; o pobre era tão preguiçoso, que nem fugia quando certos estudantes da cidade atiravam pedras nele e em outros animaizinhos. Graças a ele, Madame S. sabia exatamente o que ia acontecer.

No dia seguinte, antes de o Sol nascer, Cansaldo acordou com uma ideia fixa: trabalhar. Pulou da cama, vestiu-se e correu para a loja do pai. Começou a descarregar caixas, tirar o pó das prateleiras, varrer o chão, organizar o estoque, consertar o que encontrasse quebrado e limpar o que estivesse sujo. Ninguém entendeu nada.

À tarde, metade dos moradores da cidade havia passado pela loja e fora contar a fofoca do dia à outra metade da população: de um traste imprestável, Cansaldinho se transformara num trabalhador incansável. Como todos sabiam do jantar na casa dos Sapone, adivinharam o resto...

E, se alguém ficou curioso quanto ao sapo que serviu de cobaia a Oristânia, saiba que ele saiu pulando pelo mundo e ganhou trinta e nove vezes o campeonato mundial de salto em lagoas. Há boatos (não comprovados...) de que, mais tarde, ele voltou a BMO e até se transformou em gente.

Enquanto o sapo saltava, C. M., como passou a ser chamado, trabalhava, para alegria do pai.

Certo dia, o rapaz lembrou-se de um terreno da família que ficava bem no meio do brejo. Foi para lá e começou a cavar valas para as águas escoarem. Aproveitava o barro que obtinha para moldar tijolos e, em uma semana, havia criado uma olaria.

Com a quantidade de tijolos e telhas que fabricou, decidiu começar a construir casas.

Em um mês, uma rua surgiu no meio do ex-brejo, agora terreno seco. Ele levou Livra para ver a primeira casa que ficou pronta e a convenceu a irem morar lá, após o casamento.

No dia da cerimônia, em maio de 1850, todos os familiares, amigos e vizinhos comentavam como o herdeiro dos Horta Paletó estava mudado. Olhavam para Oristânia Sapone com respeito – e medo.

Ela não tirava os olhos do noivo da filha. Sabia que a mudança se devia às ervas mágicas que usara para preparar o elixir e pretendia renovar a dose, caso C. M. tivesse uma recaída...

# Sapos, mosquitos e gatos

A rua em que foi construída aquela primeira casa acabaria por se tornar a via principal da vila que recebeu o nome de Brejo Molhado do Oeste. Mas não seria a última. Em dois anos, as ruas se multiplicaram e o lugar cresceu tanto que ganhou status de freguesia.

A saparia e a mosquitada haviam recuado com a água escoada. BMO, como muitos começaram a chamá-la, passou a ser uma ilha cercada de brejos, mangues e lagoas por todos os lados. Isso fez com que a magia de suas águas ficasse concentrada e seu encanto aumentasse.

Também a população da freguesia aumentou: um recenseamento feito em 1860 computou:

a) Dezoito membros do sexo masculino.

b) Trezentos e trinta membros do sexo feminino.

A contagem não computou este dado, mas era fato conhecido que oitenta e cinco por cento dessas trezentas e vinte mulheres eram bruxas (ou seja, duzentas e oitenta e meia; é que havia uma senhora lá que era bruxa em apenas metade do tempo, na outra metade ela era uma pessoa perfeitamente comum).

E se tem uma coisa em que todos os moradores de Brejo Molhado do Oeste sempre concordaram é que a cidade possui a maior incidência mundial de bruxas por metro quadrado.

Já os moradores das regiões alagadas (sapos, rãs, pererecas, mosquitos, cobras d'água, aranhas e a ocasional minhoca), desde aquela época superavam o número de moradores humanos.

No início do século XX, um vereador de BMO quis mudar a lei para que batráquios, répteis e insetos pudessem votar. Porém o projeto não foi adiante. O vereador abandonou o cargo e a cidade. Desconfia-se de que abandonou também a forma humana, mas disso não há comprovação.

Certos pesquisadores afirmam que todas as mulheres do mundo são bruxas. Outros autores dizem que todo ser humano pode ser bruxo, seja homem ou mulher. Mas, antes da invenção dos livros, desde a época em que as histórias eram narradas oralmente, contos com bruxas no feminino tornaram-se mais populares.

Em vinte anos, BMO, a freguesia, tornou-se oficialmente um próspero município, com direito a prefeito, câmara de vereadores, cartório, delegacia de polícia e impostos municipais.

C. M. Horta Paletó foi convidado a se candidatar à Prefeitura, mas não aceitou; com magia ou sem magia, ele preferia continuar a moldar tijolos e a erguer casas, muros, coreto. Recebeu o título de Comendador e nunca parou de construir.

Morreu em 1885, engasgado com um pedaço de tijolo que engoliu pensando que era doce de abóbora. A esposa chorou e a sogra festejou. Alguns alegam que, na verdade, o tijolo estava enfeitiçado para parecer doce e que a responsável teria sido certa bruxa ainda mais poderosa que Oristânia – cuja família se mudara para a região nos anos 1850 –, porém isso nunca foi provado (saberemos mais sobre essa bruxa em outra crônica). Além disso, C. M. era distraído mesmo...

No ano de 1888, Madame Sapone, que ainda vivia em Chatiada, viajou dizendo que ia fazer um cruzeiro marítimo. Levou três baús cheios de ingredientes de magia... e jamais voltou.

Há rumores de que ela se estabeleceu junto ao Lago Ness, na Escócia, e de que vive por lá até hoje. Teria se especializado em transformar lagartixas em grandes monstros lacustres.

Livra levou para sua casa, em Brejo Molhado do Oeste, os livros e as anotações que a mãe deixou no Brasil. Com os volumes, fundou uma biblioteca que deveria ter-se chamado Biblioteca Oristânia, mas, por algum motivo misterioso, acabou recebendo o nome de Biblioteca Olha o Gato.

Eu adorava aquela biblioteca.

Contam os antigos moradores que foi exatamente nesse ano – 1888 – que a população de gatos começou a aumentar. Não eram um ou dois, nem uma dúzia: eram dezenas, centenas de gatos que começaram a passear pelas ruas da cidade, a tomar sol nas praças e a adotar moradores que lhes parecessem simpáticos. Por algum motivo, eles sempre eram vistos saindo da biblioteca.

Outra das tradições de Brejo Molhado do Oeste que vale a pena citar é a de que, no final de 1889, a cidade foi visitada por um homem misterioso com o rosto oculto por grande chapéu; alguns juram ter sido um certo Marechal Pomodoro da Trombeta, ou coisa parecida. Ele teria uma prima moradora no local, detentora de poderes mágicos, que lhe deu talismãs infalíveis para se dar bem na política. Verdade? Mentira? Como em tantas das histórias de BMO, ninguém sabe ao certo.

Assim nasceu esta bela cidade, que no século XX cresceria ainda mais. Para, no século XXI, desaparecer num turbilhão de águas.

De esquecimento.

E de magia.

# Capítulo II

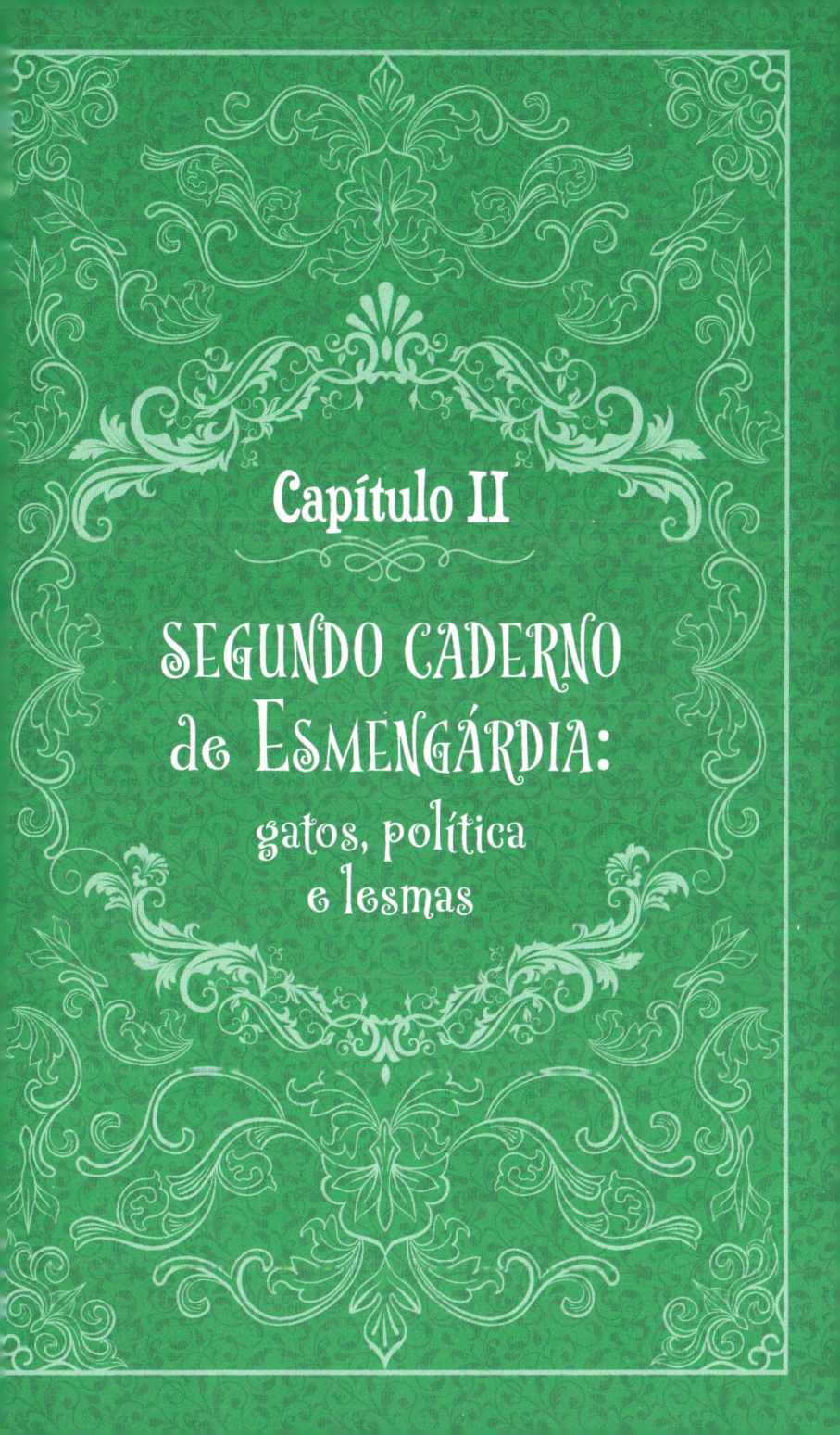

## SEGUNDO CADERNO de ESMENGÁRDIA:
### gatos, política e lesmas

Agora que a história da fundação da cidade está contada, melhor contar a minha.

Nasci em Brejo Molhado do Oeste no ano de 1955. Comemorava-se o aniversário de 105 anos da cidade, além de 70 anos da morte do Comendador C. M. Horta Paletó, seu fundador.

Mas, para tristeza de meus pais, embora eu recebesse um nome chique – Esmengárdia das Lajes –, não nasci bruxa. Fui uma criança, adolescente e mulher adulta bem normal.

Na segunda metade do século XX, as famílias mais importantes de nossa cidade eram aquelas que tinham uma bisavó, avó, tia ou mãe com capacidades bruxais. E, durante um tempo, a cada ano os poderes dessas matriarcas se ampliavam…

## Futebol e política

Como o brejo ainda mantinha o mesmo tamanho de sempre, muita gente acredita que o aumento ainda maior de poderes mágicos em BMO aconteceu por culpa dos gatos, que continuavam a aparecer do nada e miavam sem parar pela cidade.

Todos os gatos e gatas são mágicos, é claro; eles atraem e reúnem forças encantadas em torno de si. Porém eles não *praticam* magia, são apenas seus *condutores*, o que explica a necessidade que a maioria das bruxas, magos e feiticeiros têm de manterem um felino por perto.

Se o gato ou gata gostar deles e os adotar, ótimo. Se não, terão de contentar-se em realizar magias e encantamentos menos poderosos. Ninguém leva um felino para casa se ele ou ela não quiser.

O estranho é que, apesar de eu não possuir poderes, desde que nasci fui adotada por uma gata. Ela apareceu no empório de meus pais, que vendia de tudo. Na esperança de que um dia eu me tornasse bruxa, o senhor e a senhora Lajes deram à gata que me adotou o nome de Hécate.

Cresci sem saber que Brejo Molhado do Oeste era uma cidade diferente das outras. Havia ruas, praças, lojas, agência dos correios, campinho de futebol, estação de trem – e eu nunca havia reparado que, quando o trem parava na estação, só descia ou subia quem morava na cidade. Somente notei que o resto do mundo ignorava BMO quando, aos quinze anos, viajei nas férias. Foi aí que descobri que, na maior parte do mundo, não existem tantas bruxas, gatos, sapos e brejos.

Muito menos magia.

Em duas coisas, porém, minha cidade era igual às outras.

A primeira era a paixão das pessoas pelo futebol.

Desde que foi inaugurado, o Brejense Futebol Clube reuniu em seus quadros os rapazes mais atléticos da cidade, e muita gente torcia até desmaiar de emoção em cada partida.

No início, o único rival dos jogadores locais era o time de Brejo Seco do Leste, cidade um pouco maior;

seus moradores achavam o time deles melhor que o nosso. Infelizmente, não tínhamos estádio, só um campinho de terra, por isso nossos atletas iam jogar na cidade deles – o que impedia que os torcedores de Brejo Seco do Leste fossem transformados em insetos ou répteis antes, durante ou depois das partidas. Mais tarde haveria aqui outro time, que irei mencionar na próxima crônica.

A segunda coisa que tornava a cidade parecida com as outras era a política.

De tempos em tempos aconteciam grandes conflitos que dividiam a cidade na época das eleições. Os partidários de um candidato brigavam com os partidários do outro; e, como todos tinham parentes com poderes mágicos, era comum que, durante a campanha eleitoral, as pessoas fossem transformadas em:

a) mariposa;
b) lacraia;
c) minhoca.

Nós sempre tínhamos, no empório dos Lajes (além de uma imensidão de pacotes de comida de gato), um bom estoque de ervas, raízes, água do pântano e outros ingredientes encantados. É que, logo em seguida a cada comício ou debate político, as bisavós, as avós, as mães e as tias das vítimas vinham fazer compras. Elas precisavam preparar antídotos para as poções transformadoras dos inimigos e devolver seus familiares à forma humana...

# A placa fatídica

Perdi meus pais em 1975 por conta de uma dessas brigas políticas.

Lembro-me bem da tragédia. Já era moça, ajudava no armazém e tinha um namorado.

Os candidatos à prefeitura naquele ano eram a senhorita Nabiça Vegana e o senhor Rumperto Mataburros.

Fazia seis meses que suas famílias tentavam enfeitiçar um e outro para que seus candidatos ganhassem a eleição sem terem de se sujeitar à contagem dos votos. Apesar disso, nas vésperas da votação, os dois continuavam humanos. Ambos possuíam poderosas bruxas em suas famílias que lhes preparavam encantamentos de proteção.

Nunca esquecerei o dia do último comício dos candidatos, que aconteceu no coreto da praça central. Eu havia saído para passear com meu namorado, o Eudóxio, e não vi o começo da encrenca; mas meus vizinhos viram tudo, e é com a narrativa deles que posso completar esta crônica...

Dizem que o senhor Mataburros começou o bafafá declarando lá do coreto:

– Caros amigos brejomolhadenses! Eu vou ganhar esta eleição, porque minha adversária é uma grande mentirosa e tem mantido um segredo horroroso oculto dos senhores eleitores!

Todo mundo na praça fez "Oooooh!".

A senhorita Vegana soltou uma gargalhada, digna de uma bruxa maligna de Oz, e perguntou:

– Posso saber qual é esse segredo, senhor Muitoburros?

Todo mundo na praça riu às gargalhadas.

O sujeito ficou vermelho de raiva, porque detestava ser chamado assim. E berrou:

– Pois saiba, senhora candidata, que descobri sua verdadeira identidade! Seu nome não é Nabiça Vegana, e sim Oristânia Sapone! Sim, meus amigos! Ela mesma, a bruxa velhíssima e suspeita de ter causado a morte de nosso fundador, o emérito Comendador Paletó! Ela voltou à cidade e se disfarçou de moça para vencer esta eleição e arrasar com a cidade fundada por seu genro...

Nabiça Vegana, ao lado dele, ficou tão pálida, que quase se tornou transparente.

– O senhor está me acusando de ter cento e sessenta e oito, cen-to-e-ses-sen-ta-e-oito anos?!

De um lado do palanque, uma dúzia de bruxas ergueu as mãos, as varinhas e os cajados, querendo disparar feitiços. Do outro lado, outra dúzia de bruxas fez o mesmo, desejando contra-atacar.

– Sim! – berrou Rumperto. – Eu a acuso de...

Nem terminou de falar. Dezenas de raios mágicos o atingiram, destruíram suas defesas, e ele virou uma grande e nojenta lesma. Ao mesmo tempo, outra dezena de raios mágicos caiu sobre Nabiça e a transformou em uma minhoca enorme que rebolava no coreto.

Foi bem nessa hora que eu e meu namorado chegamos à praça e vimos a desgraça: os feitiços eram tantos, que ricocheteavam nas árvores e começavam a atingir as pessoas ao redor.

Meu pai e minha mãe, que não ligavam para política e nem estavam no comício, encontravam-se no final da rua, ajeitando a nova placa do empório. De repente, receberam um respingo de magia e viraram duas lesmas também. Isso acabou com eles: tiveram de largar a placa, que era pesada, e ela caiu em cima de ambos e os transformou em gosma.

Eu gritei, aterrorizada. Eudóxio correu para o empório. Mas era tarde demais.

A essa altura, os dois candidatos tinham sido devolvidos à forma humana por suas parentas e estavam prontos a atacar novamente; porém meu grito fez todo mundo parar e atentar para o desastre.

Foi então que *ela* apareceu na praça.

Ela.

Circidélia Morganal, em pessoa.

Uma das bruxas mais sérias e poderosas da cidade, talvez do mundo! Morava na periferia, numa casa enfiada no meio do brejo; e não havia tomado partido porque detestava política. Também detestava risadas. Pois naquele dia Circidélia surgiu do nada, vestida de verde-escuro, transbordando de magia. E apontou um dedo ameaçador para o ex-lesma e a ex-minhoca.

– Vejam o que fizeram! Por sua culpa, pessoas inocentes estão sofrendo. Parem já com essa encrenca, ou os dois sentirão a força dos meus raios coçantes!

Os raios coçantes de Circidélia eram famosos. Estavam impregnados na estação ferroviária e já tinham feito mais de um vendedor ambulante que se aventurara pela cidade coçar-se até desmaiar.

Todos olharam para a porta do empório. Hécate, a gata, tentava me consolar com miados, e Eudóxio olhava com lágrimas nos olhos para a gosma lesmal amassada, que eram os meus pobres pais. Nenhum encantamento poderia ajudá-los naquela hora.

A magia nada pode contra a morte.

Nabiça Vegana não disse nada, fechou os olhos e chorou.

– Não foi minha intenção – começou a falar Rumperto Mataburros, retomando a pose. – A culpa de tudo foi desta candidata disfarçada, que…

– Ora, cale a boca! – disparou a senhora Morganal, olhando feio para ele.

O olhar da bruxa foi tão fulminante que o sujeito começou a diminuir.

Foi encolhendo, encolhendo… até virar uma enorme pulga, que saiu pulando do palanque e saltitou para o brejo. O povo abriu caminho para a pulga pular. Depois desse dia, ninguém jamais teve notícias do senhor Mataburros. Sumiu da cidade – e das minhas crônicas.

Nabiça Vegana foi eleita prefeita e ficou provado que ela *nao era* Oristània Sapone, mesmo porque todos a conheciam desde que era bebê (confiram sua história na próxima crônica). E a própria Livra (que, na época, tinha 145 anos, mas parecia ter só uns 90) garantiu que sua mãe estava bem, obrigada, passando férias na Inglaterra e fazendo ocasionais passeios à Irlanda.

Na verdade, consta em relatos dos moradores (algumas bruxas mais velhas se correspondiam com Oristânia) que madame Sapone passou décadas no Reino Unido e ditou algumas de suas histórias de magia a uma garota que, segundo ela, um dia se tornaria uma escritora famosa.

Circidélia Morganal fez com que todas as bruxas da cidade jurassem proteger a mim, herdeira do armazém dos Lajes, de todos os feitiços presentes e futuros. Os gatos concordaram com ela, e, desde então, um inacreditável encantamento de proteção me cercou.

Fiquei triste, mas acabei por me conformar. Fazia pouco tempo que havia lido *A Chave do Tamanho*, de

Monteiro Lobato, e me lembrava dos personagens miniaturizados que um gato tinha devorado pensando que eram baratas. Como sempre, os livros me ajudaram a lidar melhor com aquela e com outras tristezas da vida.

A Prefeitura de Brejo Molhado do Oeste foi ocupada por Nabiça Vegana sete vezes após aquela primeira eleição. No início, Nabiça provou ser uma administradora razoável; foi uma pena que acabasse apaixonando-se pelo poder e pirando. E, embora tivesse parentas que eram bruxas, ela mesma não detinha poderes mágicos. Por outro lado, sua filha, Alfácia, que viria ao mundo na década de 1980, não só nasceu bruxa como foi a última portadora de magia a nascer na cidade.

Contarei mais sobre esse assunto em uma das próximas crônicas.

Dois anos depois da tragédia, com a cidade em paz, eu e Eudóxio nos casamos e me tornei a senhora Trampolim.

Mantivemos o empório, que prosperou e virou um supermercado. Tivemos dois filhos: os gêmeos Almerindo e Cebolo, que nasceram em 1984. Durante anos, nós cinco (pois Hécate, a gata, nunca nos deixou) fomos uma família feliz.

Eudóxio Trampolim foi meu primeiro e único amor. Também fazia parte da minoria da população brejomolhadense que não possuía poderes mágicos; talvez tenha sido isso o que nos uniu. Além do seu senso de humor, que eu apreciava.

Ele foi um homem alegre, um marido e um pai maravilhoso. Adorava dizer coisas engraçadas e fazer as pessoas sorrirem. Infelizmente, essa foi também a causa de sua morte.

Mas deixemos esse assunto para outra crônica...

# Capítulo III

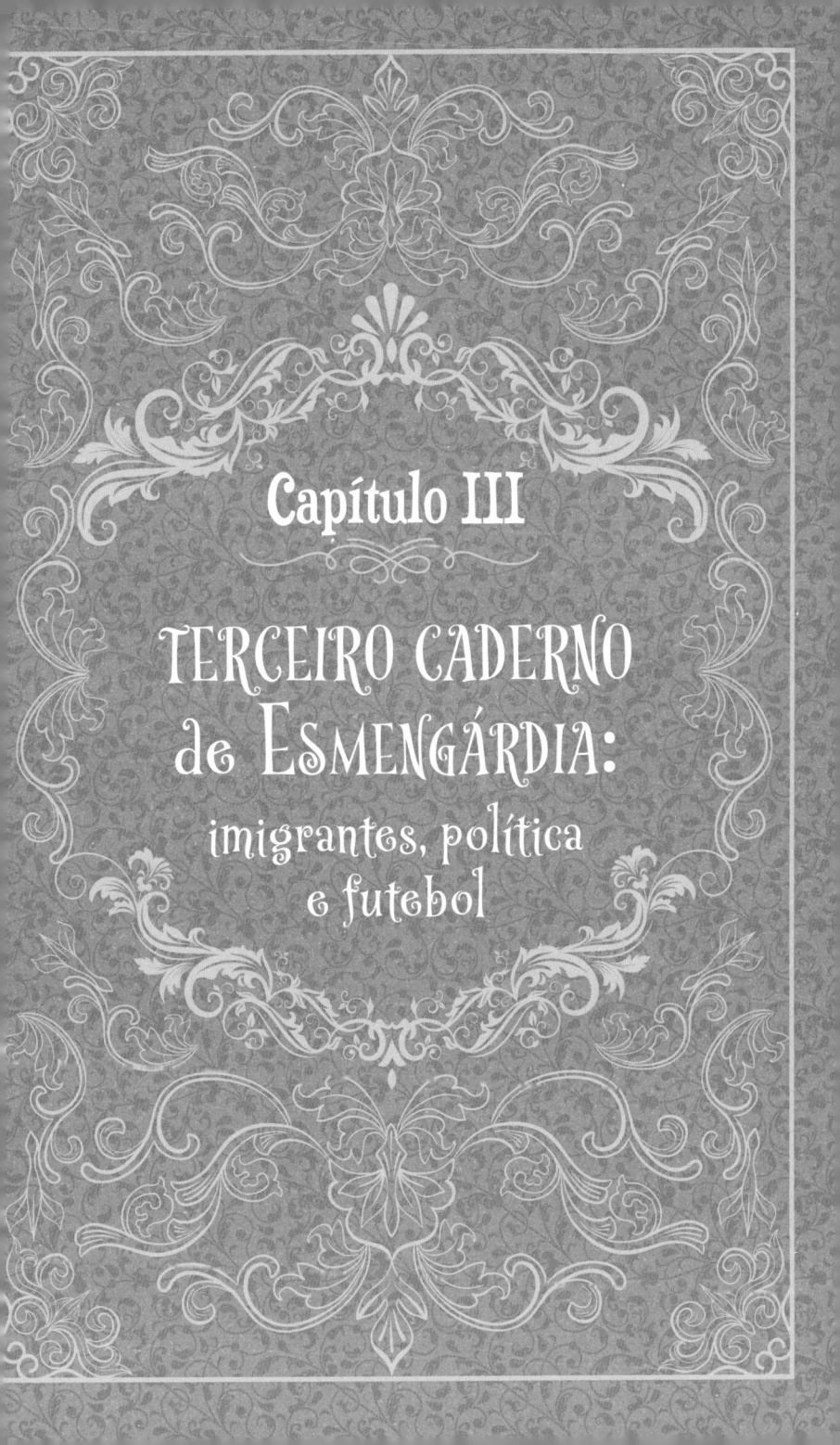

# TERCEIRO CADERNO de ESMENGÁRDIA:
imigrantes, política e futebol

*Começo este terceiro caderno recuando no tempo para contar alguns detalhes interessantes sobre a vida da prefeita Nabiça Vegana.*

# Legumes, verduras e água do brejo

Os Vegana chegaram a Brejo Molhado do Oeste no ano em que eu nasci, 1955. A família se compunha de um casal e uma menininha recém-nascida (ninguém imaginava, naquela época, que um dia aquela bebê se tornaria a prefeita da cidade). Eram imigrantes italianos muito pobres; desembarcaram na estação ferroviária trazendo três malas e a criança. Usavam roupas modestas, e a única joia da senhora Vegana era um colar de contas opacas que dava vinte voltas em seu pescoço.

Hospedaram-se na Pensão Sapo, mantida pela família Mataburros (na época ninguém imaginava também que, anos depois, o último herdeiro da pensão seria transformado em pulga). Mas o casal Vegana quase desistiu de se instalar na cidade, pois ninguém queria lhes dar emprego: a maioria dos moradores, naquela fase, não gostava de "gente de fora".

Tudo mudou, porém, no dia em que Livra fez uma descoberta interessante sobre eles.

A viúva de C. M., o Cansaldo, estava no cemitério da cidade pondo no túmulo dos Horta Paletó uma abóbora enfeitada com um laço (homenagem ao falecido marido, que, como sabemos, adorava doce de abóbora), quando viu o casal imigrante depositar margaridas num túmulo próximo.

Lá jazia uma das mais antigas bruxas da cidade, que havia morrido no ano anterior. A filha de Oristânia cumprimentou-os e perguntou:

– Conheciam a senhora que está enterrada aqui?

– Era minha tia-avó – respondeu o senhor Vegana, com seu forte sotaque italiano. – Ela sempre dizia que devíamos imigrar para cá. Foi quem mandou o dinheiro para nossas passagens.

Sua esposa enxugou uma lágrima, enquanto embalava a bebê e lamentava:

– Nunca pensamos que titia morreria antes de chegarmos…

Livra contou aquilo a uma vizinha, que contou a outra, que espalhou a novidade pela cidade. No dia seguinte, todo mundo já sabia da história; e vários parentes da tal senhora decidiram ir à pensão dos Mataburros visitar os recém-chegados. A falecida não tivera filhos, mas tinha uma penca de primas – todas bruxas, naturalmente.

A visita correu bem e a família acolheu pai, mãe e bebê em Brejo Molhado do Oeste. As primas resolveram honrar a saudosa bruxa e decidiram que o casal devia morar em sua casa. Desde sua partida prematura, com apenas cento e cinquenta anos, só viviam naquela casa uns vinte gatos.

Assim que eles obtiveram a permissão dos gatos e se mudaram, o senhor Vegana iniciou o plantio de uma horta. Revelou-se, então, que o enorme colar da esposa escondia uma semente em cada conta: eles eram agricultores em sua terra natal e haviam desenvolvido algumas safras que resultaram em sementes incrivelmente poderosas.

Sempre se desconfiou de que fossem sementes mágicas, mas nunca se teve certeza. O que sabemos é que a horta dos Vegana ampliou-se e resultou em plantações fantásticas.

Em poucos anos, eles se tornaram os mais importantes fornecedores de verduras e legumes de BMO. Abriram uma quitanda junto à casa e começaram a vender berinjelas, abobrinhas, cenouras, beterrabas, batatas e as mais diversas verduras. Todos os produtos eram enormes, saborosos, livres de agrotóxicos. E isso nem estava na moda, ainda.

Com o tempo, nosso empório-supermercado passou a vender o que eles produziam.

A pequena Nabiça cresceu saudável, inteligente e vegetariana, como os pais. Embora tivesse nascido na Itália, era tão pequenininha quando desembarcou no Brasil com a família, que todos fizeram de conta que tinha acabado de nascer: e ela foi registrada no cartório brejomolhadense como cidadã natural daqui.

Já moça, entrou na política assim que se formou no Ensino Médio. Foi vereadora com dezoito anos e a candidata vencedora a prefeita aos vinte (na eleição memorável em que Rumperto Mataburros foi metamorfoseado em pulga e desapareceu).

Quando Nabiça se reelegeu pela primeira vez, às vésperas da década de 1980, já estava noiva de um jovem da região, Selmácio Anuro. O casamento foi discreto e, dois anos depois, nascia Alfácia, a única filha do feliz casal.

Diziam as más-línguas que Selmácio – e toda a família Anuro – não era *exatamente humano*, mas, sim, descendente de um sapo. Alguns acreditavam até que seu ancestral era o famoso sapo atleta que dona Oristânia usara como cobaia para seu também famoso elixir antipreguiça: comentava-se que, em algum ponto da história da senhora Sapone, ele fora transformado em gente.

Quando me tornei cronista, decidi investigar essa história. Porém, para descobrir as origens da família Anuro, eu precisaria conferir os registros antigos do cartório da cidade – e isso foi impossível. Em uma das próximas crônicas eu conto o por quê.

Alfácia Vegana Anuro nasceu em 1982, já demonstrando poder. Assim que a pequena chorou pela primeira vez, no hospital local, todos contam que coisas bizarras aconteceram:

a) As águas do brejo em torno da cidade se tornaram verdes e brilhantes por alguns segundos.

b) Todos os sapos, rãs e pererecas dos arredores começaram a coaxar de repente.

O som sapal alertou as desconfiadas bruxas brejomolhadenses. Que nova magia seria aquela? Procura que procura, apenas Circidélia Morganal descobriu a origem do fenômeno.

Como morava praticamente dentro do brejo, ela sentiu em primeira mão as emanações mágicas que agitavam a saparia e saiu de casa decidida a investigar o que acontecia.

O faro mágico a levou ao hospital e ao berçário. Lá, a bebê dormia placidamente; seus pais, junto a uma penca de primas sorridentes, observavam o berço da menina através do vidro.

Membros das famílias Vegana e Anuro espantaram-se ao ver Circidélia e pararam de sorrir. A bruxa que detestava risadas mal saía de casa desde a fatídica eleição de 1975. Sem dizer nada, a feiticeira aproximou-se da janelona e observou atentamente o embrulhinho recém-nascido.

No mesmo instante a criança abriu os olhos muito verdes e cravou-os na bruxa veterana, que estremeceu e tratou de sair dali bem depressa...

Ninguém entendeu nada. Porém, nas semanas que se seguiram, a casa do brejo começou a ficar agitada. E, quando eu digo "agitada", quero dizer *literalmente* agitada: as paredes estremeciam e o teto balançava.

A senhora Morganal não tinha vizinhos, porém as bruxas da cidade, mesmo que morassem longe, começaram a perceber que alguma poderosa magia estava entrando em ação por ali. O que era? Impossível descobrir. Mas, nos meses seguintes, os brejos, os mangues e as lagoas em torno da cidade começaram a aumentar em volume, um pouquinho por vez.

Os gatos perceberam na mesma hora. Entretanto, só com a passagem dos anos os moradores humanos notaram que as águas estavam *recuperando terreno...* E que, com isso, a quantidade de sapos, rãs, pererecas, mosquitos, aranhas e até de minhocas deu de crescer. Assustadoramente.

A conclusão a que cheguei após analisar os fatos – e entrevistar as bruxas mais idosas da cidade – é a de que Circidélia Morganal ficou com medo da competição. Ela percebera o potencial de poder da filhinha de olhos verdes do casal Nabiça Vegana e Selmácio Anuro. Quis proteger-se e criou um feitiço-inibidor-de-feitiços; foi esse encantamento que desandou e fez todas as forças mágicas que circulavam na cidade concentrarem-se nas águas brejosas. Mais tarde eu confrontaria a própria bruxa com essa hipótese. Aguardem uma das próximas crônicas.

Era o começo do fim de Brejo Molhado do Oeste, embora ninguém não felino tenha desconfiado disso. O povo custou a reparar que, depois daquele dia fatídico de 1982, nenhuma das crianças nascidas em terras brejomolhadenses detinha poderes mágicos.

# Começa a guerra

Após os anos 1980, a situação política, que já não era nenhuma maravilha, piorou bastante. Os partidários da prefeita Vegana começaram a se achar muito melhores que os partidários da oposição (que incluía não apenas os ex-correligionários do senhor Mataburros-agora-pulga, mas qualquer um que não estivesse satisfeito com qualquer coisa, por mínima que fosse).

Se, por exemplo, aparecesse um buraquinho em uma calçada, alguém saía berrando:

– Que perigo! Pessoas podem cair e morrer! Essa prefeita não faz manutenção nas ruas!

Se havia qualquer atraso nas consultas ou nos exames do hospital municipal, gritava-se:

– A cidade está abandonada! A Prefeitura não liga a mínima para a saúde do povo!

No entanto, ninguém tirava Nabiça da Prefeitura. E não adiantou de nada o jornal local esbravejar (logo falaremos mais sobre ele), nem os vereadores da oposição denunciarem a ilegalidade das reeleições seguidas: todos os políticos, juristas ou jornalistas de fora que viessem conferir a situação das eleições locais passavam, no máximo, vinte e quatro horas na cidade.

É que o feitiço coçante de Circidélia Morganal continuava atacando pessoas que chegassem a BMO. As vítimas mal podiam esperar que outro trem parasse na estação e as levasse para as cidades de Borrecida ou Chatiada – não fazia diferença, o que todos queriam era dar o fora de Brejo Molhado do Oeste e parar de se coçar!

É de conhecimento comum que, no final dos anos 1980, morava na avenida principal um rapaz chamado Eleitério Mosquito. Fazia quatro anos que ele era o proprietário, editor e jornalista responsável pelo *Semanário Brejomolhadense,* o único jornal da cidade, que fora fundado por seu pai em 1960. Mosquito pertencia à oposição e suas manchetes eram sempre algo assim:

## CHEGAMOS AO FINAL DOS TEMPOS! BREJO MOLHADO NÃO SOBREVIVERÁ!

**NOVOS DESMANDOS DA PREFEITURA ACABAM COM NOSSA QUALIDADE DE VIDA!**

**EXTRA! EXTRA!**
Mais uma vez os cidadãos
**PAGAM A CONTA**
pela incompetência municipal!

Quando se abriam as urnas para contagem dos votos, Nabiça Vegana vencia. Ou porque seus eleitores ganhavam em número, ou porque as berinjelas, abobrinhas, cenouras, beterrabas e batatas que os Vegana plantavam tinham direito a voto – e votavam na calada da noite, enquanto todos dormiam. O próprio Eleitério Mosquito levantou essa hipótese, embora a votação vegetal nunca tenha sido investigada.

Entretanto, com oposição ou sem ela, era batata. Ou beterraba. Ou abobrinha. Quando se abriam as urnas para contagem dos votos, Nabiça Vegana vencia. Ou porque seus eleitores ganhavam em número, ou porque as berinjelas, abobrinhas, cenouras, beterrabas e batatas que os Vegana plantavam tinham direito a voto – e votavam na calada da noite, enquanto todos dormiam. O próprio Eleitério Mosquito levantou essa hipótese, embora a votação vegetal nunca tenha sido investigada. E Nabiça Vegana se manteve na Prefeitura. Ela, que já fora uma pessoa simples, depois do segundo mandato começou a mudar de jeito; decidiu que não largaria o poder por motivo algum. De tempos em tempos passou a pressionar os vereadores para aprovarem certas leis bizarras, como:

a) Lei Municipal n. 127/1983. A partir deste mês fica proibido aos cidadãos de Brejo Molhado do Oeste descascarem cenouras e beterrabas. É na casca que está a vitamina.

b) Lei Municipal n. 324/1987. Fica decretado que a matança de pernilongos no município só poderá ser realizada com um representante da Prefeitura presente. Ou um sapo.

c) Lei Municipal n. 871/1990. Qualquer cidadão surpreendido no ato de picar alface com instrumento de metal será detido, processado e sujeito às Penas da Lei.

Sim, ela foi pirando aos poucos. Suas leis me lembravam de vários personagens mandões de livros que eu havia lido (meu preferido era um da Ruth Rocha), mas sempre tomei cuidado de não comentar isso com ninguém. Como dizia minha falecida mãe, em boca fechada não entra mosca. Nem mariposa, nem pernilongo.

Nos anos 1990, eu, meu marido, meus filhos e a gata ainda éramos protegidos de feitiços por aquela ordem de Circidélia Morganal, na época da morte de meus pais. Continuávamos vendendo ervas, raízes e ingredientes usados em magia; as bruxas residentes precisavam produzir poções, ainda usadas para transformar os desafetos em tudo que era bicho nojento.

Mas foi apenas a partir de 1992 que as mortes misteriosas começaram a ocorrer.

E o que causaria novas tragédias em nossa bela cidade não seria a política, para variar.

O culpado foi o futebol.

# Capítulo IV

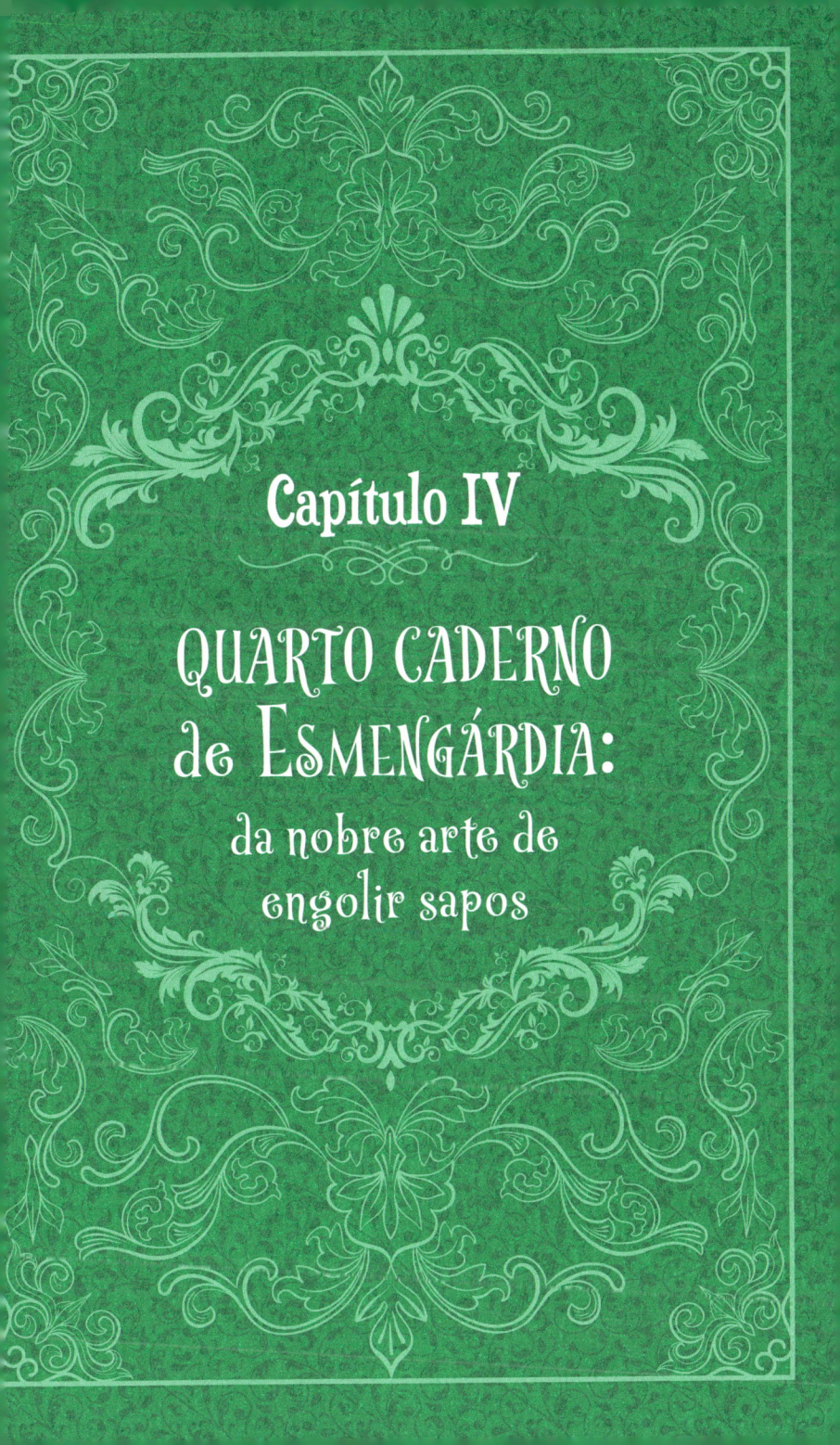

## Quarto caderno de Esmengárdia:
### da nobre arte de engolir sapos

Eudóxio Trampolim, meu amado marido, era torcedor ardoroso do Brejense Futebol Clube, time que nasceu quase ao mesmo tempo que a cidade. Eu o amava e tentava não ligar para esse defeito; engolia o sapo e pensava em outra coisa. O problema, porém, foi aumentando.

Nas semanas em que os atletas locais jogavam, Eudóxio mudava completamente. De um marido fiel e pai amoroso, virava um chato de galochas. Ignorava a mim e aos nossos meninos. De trabalhador exemplar, ele virava um preguiçoso que faria inveja a Cansaldo Mofino antes do feitiço; dedicava as semanas pré-futebol somente a assistir reprises de jogos e a debater esquemas táticos de jogadas com Eleitério Mosquito, o editor do Semanário, também apaixonado pelo time. Eudóxio quase perdia o senso de humor e tornava-se um fanático mal-humorado. Como ele, havia outros.

Foi assim que, quando um segundo time surgiu na cidade, em 1992, a guerra estava prontinha para acontecer.

## As partidas trágicas

O Novo Brejo Esporte Clube nasceu na primavera de 1992, patrocinado pela Horta Paletó Materiais de Construção. Essa loja, fundada em Chatiada e com filial em Brejo Molhado do Oeste, pertencia à única herdeira de Cansaldo Mofino, sua viúva Livra. Porém, como ela vivia ocupada com a Biblioteca Olha o Gato, contratou para cuidar da empresa uma velha amiga da família: Alcachofra Piscina, bruxa que tinha cento e quarenta anos e aparentava só uns cento e cinco.

Alcachofra detestava futebol com todas as suas forças; dizem que concordou em financiar o novo clube só por acreditar que, com dois times na cidade, os jogadores se matariam uns aos outros e o esporte desapareceria de nosso município... O que realmente aconteceu (ela só não esperava que o município desaparecesse também).

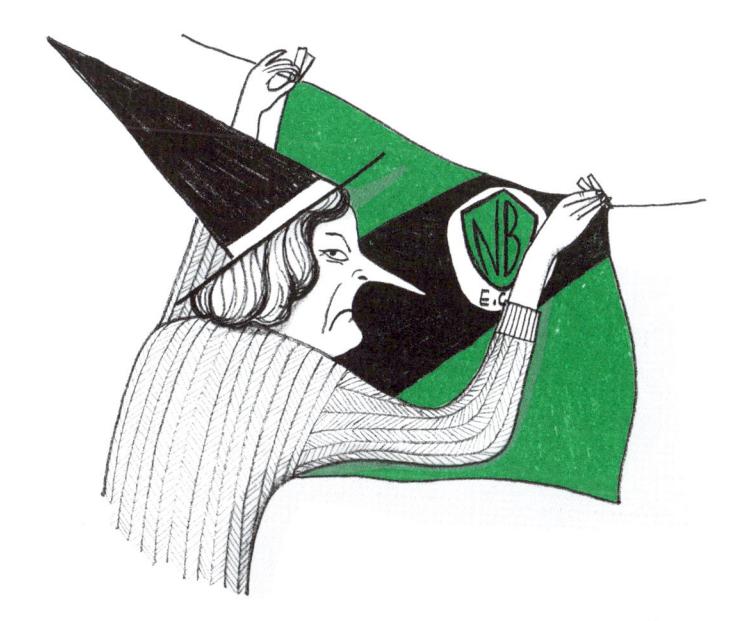

A primeira partida entre os dois escretes locais (assim dizia meu marido) aconteceu no campinho de várzea que ficava entre a cidade e a estação de trem.

Deu empate. Os torcedores haviam se sentado em torno do gramado e comportaram-se amigavelmente. Após o jogo, todos foram para a praça central da cidade e festejaram juntos.

Quando marcaram uma segunda disputa, o campinho havia sido ajeitado pelos patrocinadores do Novo Brejo Esporte Clube e já contava com arquibancadas e vestiário.

Dessa vez, o Brejense venceu por um gol a zero. Os torcedores do Novo Brejo deixaram o campinho de cara feia e os vencedores foram comemorar na praça do coreto com o time. Infelizmente, todos os jogadores do Brejense tiveram uma baita dor de barriga naquela noite, o que atrapalhou seus festejos...

Colocaram a culpa no cozinheiro do time, que serviu, no jantar de comemoração, sopa de almeirão com casca de batata, alho, mel e jiló. Aquela foi a última vez na história da cidade (e provavelmente do planeta) em que tal sopa foi preparada.

Pouco antes do Natal de 1992, marcou-se uma terceira disputa entre os dois clubes. E, já na véspera do dia designado para a partida, o clima era de guerra. Torcedores do Brejense não falavam mais com fãs do Novo Brejo. Mesmo antes que os técnicos escalassem cada time, as bruxas familiares, sempre presentes nas campanhas eleitorais, haviam sido convocadas...

Eu e Eudóxio trabalhamos como nunca no mercado, pois despencou uma imensidão de gente para comprar ervas, raízes e frascos de água do pântano.

Nesse jogo, o Novo Brejo venceu o Brejense por três gols a um, e as consequências foram terríveis. Apesar de todo mundo sair quietinho do campo, não houve comemoração: o sol baixou, o céu escureceu e uma tempestade horrorosa desabou sobre a cidade.

Os moradores se refugiaram em suas casas, com medo. Meu marido fechou o supermercado mais cedo e eu não deixei nossos filhos botarem o nariz para fora da porta.

No dia seguinte, quando a chuva passou, descobrimos que o campo de futebol tinha sido destruído: as arquibancadas eram uma pilha de madeira molhada e os vestiários, um amontoado de tijolos chamuscados. As redes tinham sumido e as traves haviam virado palitos de sorvete.

Assim que abrimos o mercado, vendemos o estoque restante de artigos para poções. Parece que vários jogadores do time vencedor acordaram transformados em coisas nojentas.

O técnico do Novo Brejo, porém, nunca mais acordou.

Encontraram o coitado no sofá de sua casa, mortinho da silva, a pele inteira verde e ainda segurando um copo de leite na mão direita e uma rosquinha de chocolate na esquerda.

No hospital, os médicos concluíram que ele havia morrido do coração, provavelmente por estar com medo da tempestade.

O caso ficou por isso mesmo, apesar de uma nota curta no jornal daquela semana insinuar levemente que aquela misteriosa morte talvez precisasse ser um pouquinho mais investigada. Por causa dessa nota, Eleitério Mosquito, o jornalista, passou uma quinzena transformado em barata.

Quando uma bruxa de sua família finalmente conseguiu devolver o rapaz à forma humana, ele desistiu de mencionar o assunto. Passou semanas publicando nas primeiras páginas do *Semanário Brejomolhadense* trechos da obra do autor tcheco Franz Kafka, várias receitas culinárias e alguns sonetos portugueses.

No jogo seguinte, que seria disputado em meados de 1993, a situação ia piorar.

O gramado foi recuperado para hospedar a partida, novas traves e redes foram erguidas para os gols, mas não houve dinheiro para que se reconstruíssem as arquibancadas e os vestiários.

O repórter-jornalista-responsável-e-editor do Semanário entrevistou Alcachofra Piscina, gerente da loja patrocinadora do Novo Brejo EC, perguntando sobre uma nova reforma no campo. Aborrecida por aquele esporte ainda existir, ela apenas declarou:

– O país está em crise. Futebol não é prioridade. Se vocês precisam tanto de arquibancadas para ver um bando de idiotas chutarem-se uns aos outros, vão lá e construam vocês mesmos.

Essa entrevista nunca foi publicada; vi seu rascunho na redação do jornal, anos depois. Parece que Eleitério Mosquito não estava a fim de virar barata outra vez e decidiu ignorar o futebol de uma vez por todas. Na seção de esportes daquela semana ele publicou:

a) Uma receita de sopa calmante à base de alface e erva-cidreira.

b) Uma biografia do já mencionado escritor tcheco Franz Kafka.

c) Uma matéria filosófica de página inteira intitulada "Da Nobre Arte de Engolir Sapos".

Quando amanheceu, no dia do jogo, pus um cartaz com os dizeres "Fechado para Balanço" na porta do mercado. Tranquei as portas e janelas e, em vez de mandar nossos filhos para a escola, declarei que era feriado: Almerindo e Cebolo podiam passar o dia todo vendo desenho animado na televisão e comendo pipoca. Aos nove anos, essa era a definição de felicidade dos gêmeos...

Mais difícil foi proibir Eudóxio de sair de casa.

– Esmê, eu quero ir ver o jogo! – disse meu marido choramingando.

Eu sabia que, com seu senso de humor, ele ia rir e fazer piadas com todos os lances ruins dos dois times, e isso podia resultar na sua transformação em algum bicho rastejante – ou em coisa pior.

Botei as mãos na cintura e fui peremptória:

– Não interessa. As portas estão trancadas e só eu tenho a chave. Ninguém sai desta casa!

Achei que estávamos seguros. Passei o dia lendo um romance enquanto os meninos viam tevê e Eudóxio foi para o quarto dormir. Ele cochilava e roncava alto, fazendo tremer o assoalho.

À tarde, dava para adivinhar o jogo, começando lá na várzea, pela vibração das torcidas. Um zumbido ameaçador vinha de fora e reverberava por toda a casa.

Fez-se silêncio quando o jogo terminou. Tinha anoitecido. Fiz um lanche para os meninos e fui para o quarto chamar o Eudóxio... Mas meu marido não estava lá. O que eu achava que era seu ronco não passava do som do ventilador ligado! Ele havia escapado pelo vitrô do banheiro.

Deixei Almerindo e Cebolo trancados, ainda vendo desenho animado, e saí sozinha, alucinada, à procura dele. Encontrei o pobre debaixo de um banco na praça do coreto... Tudo que ele conseguia dizer era uma mistura de "Coax-coax" com "Ribbit-ribbit".

Delcrécia Berinjela, uma torcedora fanática do Novo Brejo, ficara irritada com suas piadinhas e havia jogado um feitiço para transformá-lo em sapo. Ainda bem que o encantamento foi apressado e não deu lá muito certo: meu marido manteve a forma humana, embora estivesse há algumas horas debaixo daquele banco a comer moscas.

Custei a entender que o Novo Brejo Esporte Clube havia vencido por quatro gols a dois.

O encantamento de Delcrécia atacara Eudóxio no primeiro tempo, quando o Brejense fez o segundo gol e parecia que ia ganhar a partida; ele não conseguira evitar as piadas sobre o goleiro adversário. Sua voz voltou três dias depois: pedi uma poção restauradora a Alfácia Vegana. A filha da prefeita fora ao supermercado para comprar lápis de cor. Tinha, na época, quase onze anos, e já era considerada uma das melhores fazedoras de poções de BMO.

A garota me ouviu, pediu para esperar um pouco e voltou com um vidrinho nas mãos.

— Uma colher de sopa a cada quatro horas — disse ela. — Não conte para ninguém, tudo bem?

Não contei. Com a mãe dela mandando na Prefeitura, praticamente sem oposição, e tantas bruxas na vizinhança, eu já tinha me acostumado a praticar a Nobre Arte de Engolir Sapos. Se hoje posso registrar em meus cadernos esses fatos (e outros, mais terríveis ainda, esperem só), é porque logo notei que a magia que me protege se estendeu a estas páginas. E, agora, nenhuma das pessoas envolvidas (a não ser *ela*) está por perto para vingar-se.

Falando em vingança, naquela semana houve mais duas mortes misteriosas.

O novo técnico da equipe vencedora foi encontrado na própria cama, alaranjado como uma abóbora e vestindo a camisa dez do time adversário. Era o segundo técnico que o time perdia... Já o artilheiro do Brejense, o mesmo que havia ousado meter aquelas duas bolas na rede do Novo Brejo, apareceu quatro dias depois do jogo na sala de leitura da Biblioteca Olha o Gato, vestindo unicamente cuecas e com a pele totalmente roxa. Em suas mãos, que de tão rígidas não o largaram mais, estava o livro *Futebol para principiantes*. Segundo Livra, fundadora da biblioteca, a obra não fazia parte do acervo.

Ambos foram enterrados no cemitério da cidade. Eu e Eudóxio comparecemos aos enterros, pois éramos cidadãos de destaque na sociedade local e eu não demonstrava preferência por um time ou por outro, apesar de todo mundo saber sobre a paixão esportiva de meu marido.

Ele se comportou bem e não fez gracinhas (embora, de cinco em cinco minutos, esticasse a língua e abocanhasse moscas e mariposas que voassem por perto; fez isso até o fim da vida).

Nabiça Vegana não compareceu ao cemitério. Andava afastada do povo, considerando-se prefeita vitalícia; somente o jornal lhe fazia oposição agora. Consta que ordenava à filha, Alfácia, que desenvolvesse poções protetoras para ela e o marido. A jovem atendia, embora pedisse para a mãe renunciar à política. A prefeita prometia que em quatro anos se aposentaria... E não cumpria.

Nos anos que se seguiram não houve mais partidas de futebol na cidade, para alegria de Alcachofra Piscina e tristeza de Delcrécia Berinjela. Mas eu sabia que a paz não ia durar: quando as pessoas são obrigadas a engolir sapos por muito tempo, chega o grave momento da indigestão!

Aí é que a porca torce o rabo.

A vaca vai pro brejo.

E a saparia desanda.

# Capítulo V

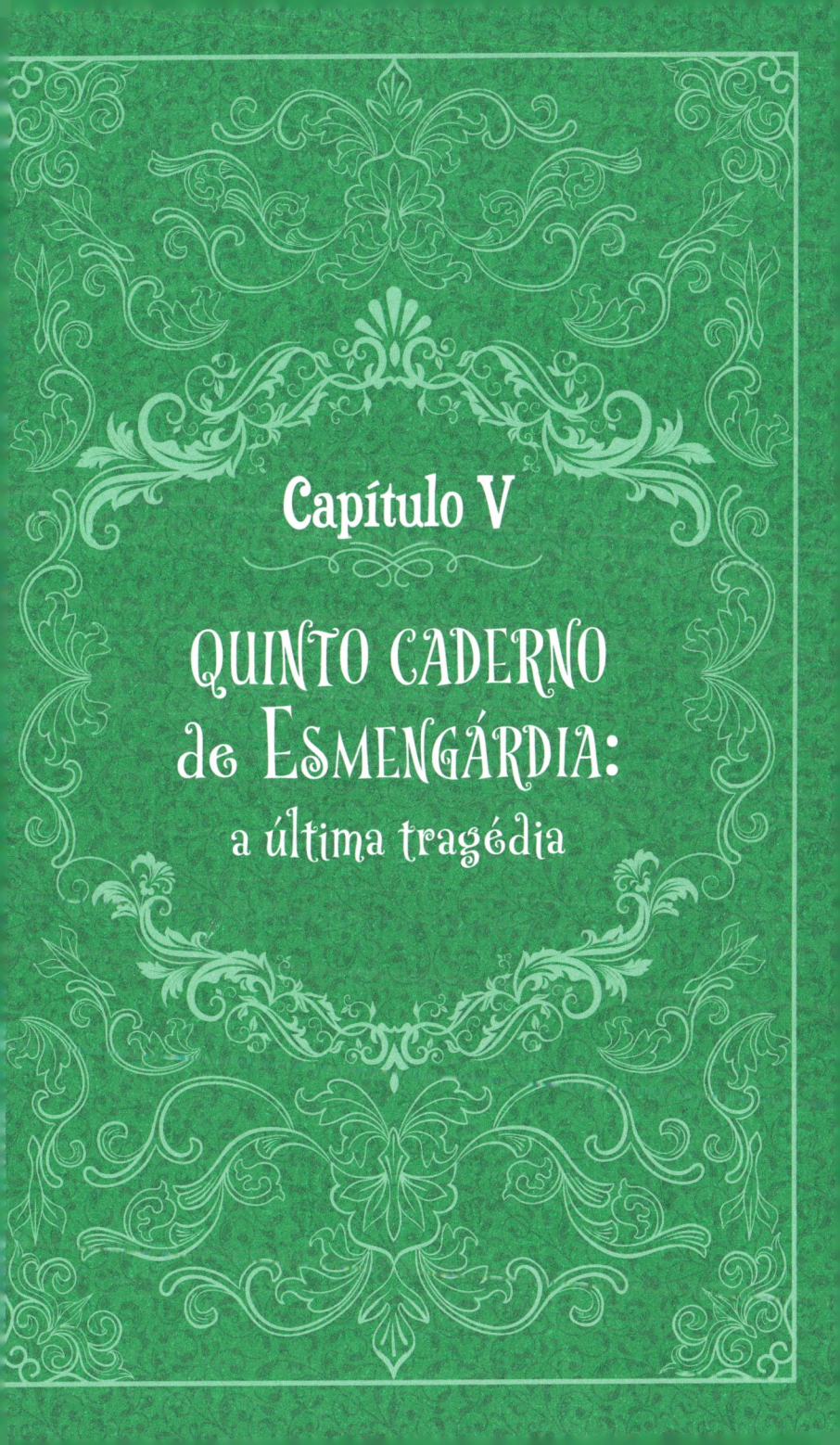

# Quinto caderno de Esmengárdia:
## a última tragédia

Depois de passar a vida em Brejo Molhado do Oeste e de ler mais um artigo filosófico de Eleitério Mosquito no jornal, tornei-me adepta de outra arte ali citada: a Inefável Arte de Ficar com a Boca Bem Fechada... Mas, como cronista histórica, não posso me omitir: tenho de dizer a verdade. E, com futebol ou sem ele, devo registrar neste meu quinto caderno que aquelas mortes misteriosas desencadearam um nível crescente de fofocas no município.

Ninguém podia afirmar que os cidadãos brejomolhadenses tivessem, do nada, virado assassinos. Não havia provas, só teorias. Eu tentava não dar crédito às teorias; acreditava apenas que a magia estava fugindo ao controle dos que a praticavam. Já explicarei melhor...

## Polícia, política e esporte

Nos anos 1990, não só a água avançava sobre a periferia da cidade, obrigando famílias inteiras a mudar-se (Circidélia Morganal era a única que continuava morando em pleno brejo, ocupada com certo animal de estimação – contarei a respeito disso em outra crônica), mas outro fator causou expressiva diminuição da população: muitos jovens foram estudar fora. Como arrumavam namorados e namoradas em outras cidades, quando iam, não voltavam.

O tempo passava, e os times de futebol da cidade não se enfrentaram mais após as três mortes. Segundo os médicos locais, os indivíduos foram vítimas de ataque cardíaco. Quanto à coloração de sua pele, ninguém no hospital municipal comentava. Tanto fizeram de conta que a mágica não acontecera, que até hoje há quem duvide de que ela realmente ocorreu...

Naturalmente, cada uma daquelas mortes foi investigada.

Naturalmente, nenhum dos casos foi solucionado.

Desde que Brejo Molhado do Oeste tornara-se oficialmente um município, tínhamos uma delegacia. O problema é que nunca tivemos delegados. A Secretaria de Segurança do Estado sempre nomeava uma mulher ou um homem para ocupar o cargo, porém eles ou elas não ficavam mais do que um dia na cidade. O feitiço coçante de Circidélia Morganal não perdoava nem agentes da lei.

Havia, sim, policiais militares e civis. Como estes costumavam nascer na região, eram imunes à coceira mágica. Saíam para fazer escola de polícia e treinamento militar; ao voltarem, davam perfeitamente conta do recado. Além disso, tínhamos os gatos.

Os felinos andavam por toda parte, viam tudo e sabiam de tudo. Só não contavam para a polícia. Desconfio de que contavam às bruxas; porém, parece que algumas delas estavam implicadas nos encantamentos que resultaram em mortes e tratavam de ficar quietas em seus cantos.

As principais suspeitas, para mim, eram Delcrécia Berinjela e Alcachofra Piscina. Mas como provar? Bem que os bravos rapazes e moças de nossa força policial tentaram descobrir as causas dos três súbitos falecimentos. Analisaram cada caso, relacionaram os inimigos esportivos ou políticos da pessoa em questão e saíram a campo.

O problema era que, toda vez que convocavam testemunhas para depor, ele ou ela não aparecia; e, se iam à casa da pessoa, quem abria a porta era sempre uma bruxa familiar portando varinha mágica, cajado ou objetos estranhos, como penas de urubu e fatias de abóbora.

A frase mais comum que se ouvia, naquelas ocasiões, era:

– Entre, entre. Mas antes conte qual é a sua preferência: virar lesma, barata ou lagartixa?

Diante desse tipo de recepção, os corajosos membros da força policial preferiam manter a forma humana. Desistiam dos interrogatórios e aceitavam os laudos dos médicos do hospital. Concluiu-se oficialmente que os cidadãos falecidos simplesmente:

a) Tinham ataques do coração.
b) Ficavam coloridos.
c) Morriam.

Fazer o quê?

Bem, após a virada do milênio, alguém resolveu fazer alguma coisa.

No ano 2000, a prefeita Nabiça Vegana já estava no sexto mandato após a quinta reeleição. Alfácia, sua filha, tinha acabado de fazer dezoito anos e vira com preocupação o resultado do último recenseamento: BMO contava agora com cento e oitenta habitantes, sendo sessenta e três do sexo masculino e cento e dezessete do sexo feminino. Não se sabia mais quantas eram bruxas e quantas não eram. A jovem vivia dizendo à mãe que, já que ela não se afastava mesmo da política, ao menos poderia tomar providências para impedir que a população continuasse a diminuir.

Nabiça passava por uma fase um pouco menos pirada. Pensou, primeiro, em fazer os vereadores aprovar novas leis municipais que proibissem baixar o número de habitantes, mas a filha conseguiu convencê-la de que *números* não ligavam para leis: inventar novas proibições só serviria para que mais pessoas quisessem pegar um trem para qualquer lugar e não voltar... Aconselhada por Alfácia, a prefeita então convocou uma reunião secreta entre bruxas poderosas da cidade para analisarem o assunto. O encontro foi marcado para uma noite de inverno na sala de leitura da Biblioteca Olha o Gato. Nabiça não gostou da escolha, mas a filha insistiu. Aquele era o lugar mais indicado para manter o evento em segredo da Câmara dos Vereadores, já que os políticos, como todos sabem, jamais frequentam bibliotecas.

Fui convidada para o encontro. Não era bruxa, mas o Supermercado Lajes, na época, era o único estabelecimento da cidade a vender artigos de magia.

Nos anos anteriores, a Loja Que Vende Tudo falira, o Mercado Central fora invadido por um braço do brejo e a Quitanda Vegana fechara.

Deixei Almerindo e Cebolo, que tinham completado dezesseis anos, ajudando Eudóxio a cuidar do mercado. E fui para a biblioteca um pouco amedrontada, apesar de ter frequentado a Olha o Gato desde que aprendi a ler.

Como leio feito doida (na falta de livros, relia manuais de instruções de eletrodomésticos e bulas de remédios), aproveitei todas as fases pelas quais a biblioteca passou. É que, de tempos em tempos, Livra comprava só o gênero que lhe interessava e lotava as estantes com obras sobre um único assunto. Houve a fase dos policiais, da fantasia heroica, dos romances água com açúcar, das biografias de bichos de estimação, das histórias em quadrinhos... Eu lia tudo, até esgotar o acervo.

A própria Livra abriu a porta para mim, naquela noite. Havia completado 170 anos e continuava saudável e animada. Embora dissesse a todo mundo que não havia herdado os poderes mágicos da mãe, ninguém acreditava. Ela podia não fazer feitiços, mas que era bruxa, era.

Fui a penúltima convidada a chegar. Já estavam presentes, além da coordenadora da biblioteca, a prefeita Nabiça Vegana, sua filha Alfácia e duas bruxas: Alcachofra Piscina, aquela que detestava futebol, e Delcrécia Berinjela, aquela que idolatrava o Novo Brejo Esporte

Clube. Cumprimentei ambas, mas, ainda com medo, fui me sentar no lado mais distante da sala de leitura.

Logo uma batida na porta anunciava mais alguém. E vimos entrar, com ar majestoso e sempre vestida de verde-escuro, a poderosa Circidélia Morganal.

Alfácia explicou que o motivo da reunião era, claro, a preocupação da prefeita com a diminuição da população. Mas ela também queria acabar com os boatos que se espalhavam sobre aquelas três mortes súbitas ligadas ao esporte. Fazia anos que teorias de conspiração esdrúxulas eram comentadas toda vez que mais de duas pessoas se reuniam em BMO. Eis aqui algumas delas:

a) Os três falecidos foram envenenados por Eleitério Mosquito, que desejava ter assuntos bombásticos para noticiar em seu jornal.

b) A primeira vítima foi morta com uma poção mágica preparada e ministrada pela segunda e terceira vítimas, em complô; mais tarde, o primeiro cadáver voltou como fantasma para vingar-se dos assassinos e os matou de susto.

c) Os três foram vítimas de um FBF (Feitiço Bruxal Fulminante) enviado por Oristânia Sapone, que já devia estar gagá, de tão velha, lá na Inglaterra.

Meu marido fazia piadas sobre essas teorias. Eu? Ficava bem quieta. Tinha minhas suspeitas, mas não era besta de comentá-las com ninguém… Especialmente com bruxas.

– Por que as pessoas deixam nossa linda cidade? – Nabiça começou a discursar. – E como podemos fazer todo mundo esquecer aqueles "acidentes" após os jogos? Vocês têm alguma ideia?

Os olhos da jovem Alfácia brilharam em verde-claro, fazendo Circidélia estremecer.

– Não foram acidentes, mãe! Foram assassinatos. Perpetrados por magia!

Todas nós arregalamos os olhos. Nabiça, assustada pela declaração sincera da filha. Circidélia, abismada pela coragem da moça. Eu e Livra, porque achamos incrível haver alguém ali, além de nós, que conhecia o significado da palavra "perpetrados". Alcachofra e Delcrécia entreolharam-se espantadas por não terem a menor ideia do significado dessa palavra.

– Calma, filha – pediu a prefeita. – Não vamos acusar ninguém. Queremos é que esses "acontecimentos" fiquem no passado para retomarmos o crescimento de nosso glorioso município!

Alfácia cruzou os braços, emburrada, e Livra aventurou-se a dizer:

– São muitos os jovens que têm ido embora. Vão estudar em Brejo Seco do Leste, em Chatiada, em Borrecida. Deveríamos ter mais escolas aqui, cursos técnicos, faculdades.

– Isso seria ótimo – concordou Nabiça Vegana. – O problema é que não podemos trazer professores nem alunos de fora, não é?

Claro, esse era um dos pontos que levaram ao isolamento da cidade. Como eu já mencionei, muitos jovens saíam da cidade para estudar e namorar. E não traziam seus colegas ou namorados para conhecer BMO, pois os Raios Coçantes de Circidélia continuavam a empestear a estação ferroviária... Olhei para o teto, Livra para o chão, as outras olharam para as estantes. A única que teve coragem de fitar a senhora Morganal nesse momento foi Alfácia, com seus olhos verdes faiscando.

Achei melhor mudar de assunto antes que a reunião virasse guerra. Tomei coragem e sugeri:

– Quem sabe se fizéssemos uma campanha esportiva? Em todo lugar o esporte é considerado uma prática de paz e tolerância. Um dos objetivos das Olimpíadas não é estimular a amizade entre os povos?

Abrindo um sorriso, Nabiça concordou.

– Excelente! Nada melhor que uma campanha para unir os cidadãos. Podemos fazer faixas com um slogan alto-astral, tipo "Esporte é Amizade" ou "BMO, terra do Espírito Esportivo".

A senhora Morganal soltou uma risadinha irônica.

A senhora Delcrécia suspirou, com saudades dos jogos de futebol.

E a senhora Alcachofra declarou:

– Para que tanto trabalho? Já não sobraram muitos *futebolistas*. Logo que o último se mudar daqui, ou morrer, o problema acaba! Sem futebol, sem "acidentes". Sem "acidentes", as pessoas param com as teorias de conspiração, e quem foi embora pode voltar.

Já Livra adorou a ideia.

– Sim! Concordo! Precisamos valorizar a população da cidade fundada por meu pai!

Com seu entusiasmo, as outras acabaram concordando, e as três bruxas – Delcrécia, Acachofra e Circidélia – combinaram desenvolver um elixir pacificante para ser borrifado nas faixas da campanha. Eu me comprometi a obter os ingredientes necessários. Alfácia propôs-se a organizar a inauguração do movimento e uma partida beneficente de futebol entre estudantes.

Ela convocaria os jovens com a desculpa de arrecadar fundos para o hospital municipal.

Feliz da vida, a prefeita encerrou a reunião, dizendo:

– Se conseguirmos fazer uma única partida sem transformações nem mortes, tudo vai mudar em nossa linda cidade!

De fato, após a campanha tudo mudaria em Brejo Molhado do Oeste. Mas não para melhor.

# A culpa foi da melancia

A campanha se iniciou no segundo semestre daquele ano. O jogo beneficente foi marcado para o mês de janeiro do ano seguinte. Tudo ia bem, faixas alegrinhas foram colocadas nas ruas, e naqueles meses não ocorreu nenhuma nova morte suspeita.

O elixir pacificador elaborado pelas três bruxas funcionava mesmo. Quem passasse por baixo das faixas alto-astrais com dizeres bonitinhos ficava com cara de bobo, sorria à toa e não espalhava teorias de conspiração nem brigava com ninguém. Pelo menos por algumas horas.

 O maior problema foi convencer os jovens a participarem da partida de futebol. Alfácia custou a conseguir vinte e dois rapazes e moças que topassem jogar. Embora gostassem do esporte, é claro que não queriam:

 a) Virar bichos nojentos.
 b) Ficar com a pele colorida.
 c) Morrer misteriosamente após ganharem o jogo.

 De qualquer maneira, ela conseguiu jogadores de ambos os sexos. Os times juvenis foram batizados como

"Brejensinho" e "Novo Brejinho". Quando se anunciou a escalação e a data do jogo, Eleitério Mosquito decidiu voltar a falar de esporte e publicou no jornal um editorial meloso, elogiando a "Nova fase esportiva de nossos cidadãos altruístas, comprometidos com a paz".

Seguia-se a seção de cartas, onde um bilhete assinado por um "Leitor Anônimo" sugeria ter a jovem bruxa Alfácia Vegana maldosamente enfeitiçado os estudantes locais para convencê-los a participar da partida beneficente, que o tal Leitor previa que terminaria muito mal.

Nosso editor-repórter-jornalista-responsável declarou, mais tarde, que recebeu várias cartas contendo ameaças naquela semana. Eu leria duas, anos depois, quando investigava a redação do jornal. Uma dizia:

> *Você será transformado em lacraia por ser um vira-casaca e lamber os sapatos dessa prefeita incompetente!*

Outra era mais contundente:

> *Pensa que pode se esconder no anonimato para difamar uma jovem e inocente feiticeira? Seu castigo virá logo. E seu sangue de barata será literalmente esparramado na praça...*

Em clima de festa, chegou o mês de janeiro de 2001 e a manhã do dia do tal jogo.

Foi então que se deu a segunda grande tragédia da minha vida...

A cidade estava tranquila e Eudóxio se comportava bem, sem fazer muitas piadas, por isso eu o deixei sair sozinho para entregar metade de uma melancia na casa de certa vizinha que havia iniciado a dieta da melancia. Essa dieta era muito popular naqueles tempos, e a venda de melancias em nosso supermercado havia crescido em 234 por cento.

Meu marido saiu todo feliz e, se imaginava piadinhas sobre as pessoas com quem se encontrava, não dizia nada em voz alta. Mas aconteceu que, assim que virou a esquina, ele viu Circidélia Morganal, séria e apressada, passando na calçada oposta.

Apesar de ser a mais poderosa bruxa da cidade, ela não era invencível. Naquela manhã, foi vencida por uma falha da calçada. O bico de suas botinas engachou na falha e a pobre tropicou, foi jogada para a frente, deu uma cambalhota e caiu no meio da rua com as pernas para cima.

Todos que presenciaram o acidente contam que sua saia verde se abriu para revelar que, por baixo, ela usava uma meia-calça vermelha com bolinhas pretas...

Eudóxio não se aguentou. Olhou da bruxa para a melancia e da melancia para a bruxa. Ambas verdes por fora, vermelhas por dentro, a fruta com sementes pretinhas marcando a semelhança. E desandou a rir.

Não parou mais. A melancia se estatelou no chão – e ele continuava rindo. Algumas pessoas ajudaram Circidélia a se levantar – e ele continuava rindo. Uma testemunha me contou que a bruxa lançou um olhar furioso verde-avermelhado para meu marido – e aquilo o fez rir mais ainda.

Dois vizinhos o trouxeram para casa, sem ele parar de gargalhar nem por um instante. Nossos filhos o puseram na cama; ele ria e se agitava tanto, que achei que o estrado fosse se quebrar.

Claro que eu não era bruxa, mas vendia ingredientes mágicos há tanto tempo, que sabia o que precisava fazer: preparei um chá de flor-de-maracujá concentrado com folhas de erva dormideira. Ele tomou o chá, entre risadas, e ferrou no sono.

Naquela tarde, o time do Brejensinho perdeu do Novo Brejinho por quinze a zero.

Na manhã seguinte, assim que amanheceu, Eudóxio acordou sorridente, sentou-se na cama e me perguntou:

– Quem ganhou?

Não precisei responder. Meu marido leu em meu rosto a derrota (humilhante) do time pelo qual torceria, se tivesse ido ver o jogo, e desfez o sorriso. Olhou para mim com tristeza e disse:

– Ah, a melancia!

Então voltou a se deitar, fechou os olhos e morreu.

# Capítulo VI

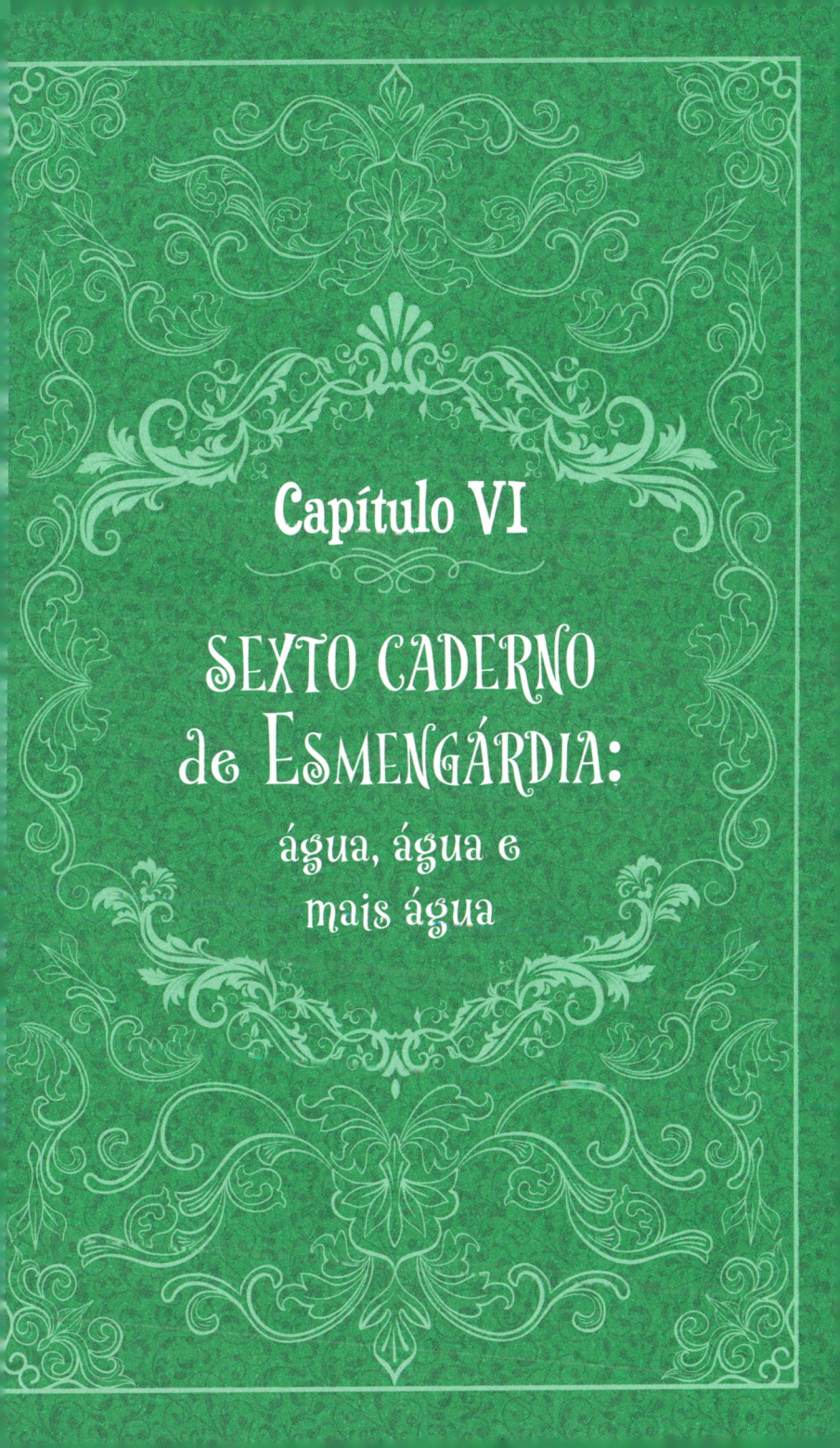

## Sexto Caderno de Esmengárdia:
### água, água e mais água

A morte de Eudóxio foi triste para mim e para os gêmeos. Apesar dos surtos futebolísticos ocasionais, meu marido era gente boa. Depois daquele dia, Hécate, a gata, passou a me acompanhar por toda parte e a olhar feio para as outras pessoas, desejando me proteger de novas tragédias.

# A última edição

No dia do enterro saiu a edição daquela semana do *Brejomolhadense*. A primeira página do jornal estampava uma fotografia de Eudóxio, sorridente, junto a uma matéria que dizia:

## ÚLTIMAS NOTÍCIAS

Temos o pesar de informar que faleceu, nesta semana, o senhor Eudóxio Trampolim, socioproprietário do Supermercado Lajes e um dos mais ilustres moradores de Brejo Molhado do Oeste. De acordo com os médicos locais, o estimado senhor teve um infarto após saber que a ala juvenil de seu time, o Brejense Futebol Clube, perdeu do time rival por quinze a zero. Deixa esposa e dois filhos.

Eu conhecia bem o jornalista Eleitério Mosquito. Sabia que haveria mais. Procurei a seção de cartas e encontrei mais um bilhete do tal "Leitor Anônimo":

> Nossos médicos estão doentes, sofrem de BCCPMAC (Burrice Crônica Complicada por Medo Alucinante Corrupto). É óbvio que o senhor Trampolim não morreu do coração. Tudo indica que foi vítima de um FBF (Feitiço Bruxal Fulminante) por ter rido da desafortunada queda na rua de certa pessoa a quem falta senso de humor...   **LEITOR ANÔNIMO**

Eu concordava com o "Leitor Anônimo". Mas continuava adepta da Inefável Arte de Ficar com a Boca Bem Fechada... Quanto a Eleitério, saiu da cidade naquele mesmo dia. Assim que o Semanário começou a ser distribuído, foi visto embarcando no trem matinal para a cidade de Chatiada. Levava duas malas nas mãos e uma mochila nas costas. Usava capa de chuva, chapéu, óculos escuros e um nariz falso. Nunca soubemos o que foi feito dele após sua última edição.

E a vida em BMO continuou. Pelo menos a morte misteriosa de Eudóxio foi a última a ser registrada na cidade. O número de habitantes diminuiu mais; e a palavra "futebol" caiu mesmo no esquecimento para alegria de Alcachofra Piscina e tristeza de Delcrécia Berinjela. Além disso, no segundo semestre daquele ano, teríamos eleições – e, claro, Nabiça seria reeleita. Nada mudaria.

A viuvez, porém, me fez mudar. Ainda acreditava que o encantamento de 1975, que me mantinha protegida, sempre me defenderia... Não precisava temer bruxarias.

Assim, meses após o falecimento de Eudóxio, decidi tirar minhas desconfianças a limpo.

Eu precisava abandonar as nobres artes de Engolir Sapos e de Manter a Boca Bem Fechada.

Eu precisava confrontar Circidélia Morganal.

# A suspeita número um

Contudo, antes de encarar a magia de Circidélia em pessoa, decidi pesquisar sobre ela. E foi assim que comecei a desvendar vários dos segredos e histórias de BMO.

Primeiro fui à delegacia. Não encontrei ninguém lá (ninguém humano; gatos, havia mais de dez). Os últimos policiais que tínhamos, um sargento da PM e uma detetive da Polícia Civil, haviam se demitido e ido para a capital. Suas cartas de demissão, endereçadas à prefeita, ainda estavam intactas sobre a mesa. É que fazia quinze dias que a agência dos Correios havia fechado as portas...

Levei as cartas à Prefeitura. Queria conversar com Nabiça Vegana, mas ela e Salmácio Anuro, o marido, andavam atarefados com a próxima eleição, e não consegui nem marcar hora. A Prefeitura e a sede do seu partido estavam cheias de gente trabalhando na campanha eleitoral.

Deixei as cartas lá e fui ao cartório. Procuraria registros de casamentos, nascimentos e mortes, contratos e documentos que me dessem informações sobre a vida de Circidélia.

Nova decepção: o cartório de BMO ficava em uma das ruas invadidas pelas águas. A casa onde funcionava tinha afundado, janelas e portas estavam submersas.

A placa que dizia "1º Cartório de Notas de Brejo Molhado do Oeste" flutuava no lago em que se transformara o jardim da casa.

Mas eu não ia desistir. Fui à abandonada sede do *Semanário Brejomolhadense*. Sabia que estaria trancada; porém, anos atrás, Eleitério Mosquito nos dera uma cópia da chave dos fundos para Eudóxio entregar as encomendas do mercado. Abri a porta traseira com essa cópia e entrei.

Ali, sim, encontrei as informações que desejava! Havia arquivos cheios de papéis organizados em ordem alfabética. Vi fichas sobre cada um dos moradores de BMO. E cópias de todos os números do Semanário desde que tinha sido fundado, em 1960.

Passei a ir lá todas as tardes para ler tudo o que podia. Copiava num caderno o que me interessava e analisava em casa, à noite. De informação em informação, reconstituí a vida *dela*.

Circidélia Morganal nasceu em Brejo Molhado do Oeste no final do ano de 1855. Seus pais eram amigos dos Horta Paletó e tinham comprado uma das casas construídas por Cansaldo Mofino, logo após o encantamento de Oristânia transformá-lo num trabalhador incansável. Tudo indica que Circidélia foi a primeira bruxa a nascer na cidade; na verdade, o primeiro bebê, já que o hospital municipal fora inaugurado na semana anterior ao seu nascimento!

Seus poderes mágicos se manifestaram bem antes de completar um ano. Houve relatos de que a criança fazia o brejo recuar, à medida que a mãe passeava com ela num carrinho de bebê.

Embora fosse mais jovem que Livra, a filha de Oristânia, as duas se tornaram amigas assim que Circidélia chegou à juventude. Sempre foi séria, nunca ria e abominava festas. Seus pais morreram cedo e ela vendeu a casa da rua principal; preferiu mudar-se para a periferia.

Encontrei um artigo de Livra, escrito em 1898 (dez anos após a inauguração da Biblioteca Olha o Gato) em que a filha da senhora Sapone diz que sua amiga se tornara a maior especialista da cidade no estudo de sapos, rãs e pererecas. Por isso preferia morar no brejo, onde era bem maior a concentração desses adoráveis animaizinhos e, claro, onde as águas fervilhavam de energias mágicas.

Com a passagem do tempo, Circidélia se tornou mais poderosa. Pouco aparecia na cidade. Em um caderno de anotações de Sênior Mosquito (que foi editor do jornal antes do filho), o jornalista comentava fatos curiosos sobre ela. Uma nota datada de 1970 dizia:

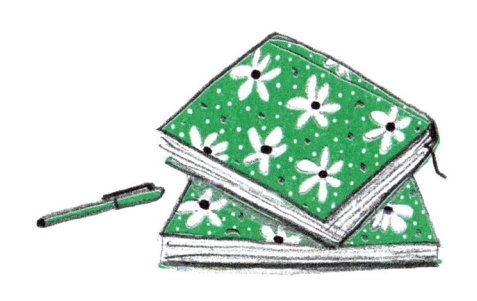

1970

A senhora Morganal (que na verdade deve ser senhorita, pois no cartório não encontramos nenhuma certidão de casamento contendo seu nome) é uma mulher de cento e quinze anos que não aparenta a idade que tem. Apesar de só usar saias compridas na cor verde-escuro, move-se com agilidade nas poucas vezes em que sai de sua casa no brejo. Possui poderes mágicos consideráveis e parece sofrer de constantes ataques de tristeza. Todos os que a conhecem afirmam que é uma criatura tristonha, desde a unha do dedinho do pé esquerdo até o mais alto fio do cabelo desgrenhado. Detesta risadas: jamais foi vista rindo.

Outra descoberta, que me intrigou, foi uma fotografia tirada na Biblioteca Olha o Gato. Na foto, vê-se Livra na sala de leitura entregando um cartão da biblioteca a Circidélia. Ao redor de ambas, vinte e oito gatos olham para a câmera. Sim, eu contei. Tinha gato por toda parte.

Mas o que me deixou cismada não foram os gatos. É que eu havia passado a maior parte da vida frequentando aquele lugar. Nunca, em nenhuma das minhas visitas para pegar livros emprestados (e em todas as fases em que Livra tinha mudado os gêneros de livros), eu havia encontrado a senhorita Morganal por ali.

– Preciso descobrir mais sobre as ligações dessa bruxa com a biblioteca – eu disse a Hécate.

No dia seguinte, fui à Olha o Gato. Na época só havia, na biblioteca circulante, obras de Literatura Fantástica – a mais recente mania por que a coordenadora passava. Andei pelos corredores namorando as estantes lotadas e achei Livra mergulhada na leitura.

– Vai retirar um livro? – ela perguntou ao me ver. – Recebemos uma coleção sobre dragões!

Aquilo me interessava, claro, mas os dragões teriam de esperar.

– Hoje, não, obrigada. Vim fazer uma perguntinha.

A "perguntinha" demorou horas para ser respondida. A filha de Oristânia Sapone estava mais animada que nunca naquela tarde. E me revelou coisas incríveis… Por exemplo: Circidélia Morganal frequentou a biblioteca na época em que eu tive os gêmeos.

Nessa fase, quem ia buscar livros emprestados para mim era o Eudóxio.

Como todos sabiam, ela era uma bruxa séria. Triste. Baixo-astral. E, ao que parece, tristeza enjoa. Um dia a distinta senhora acordou tão deprimida (e cansada de ser macambúzia), que decidiu ir à biblioteca em busca de livros de autoajuda que a tornassem uma pessoa feliz.

Não deu muito certo.

Naquele ano, por conta de outra das fases de Livra, a área circulante da Olha o Gato disponibilizava apenas contos de fadas. E, na maioria dessas histórias, as bruxas se dão mal; por isso as leituras que Circidélia fez não ajudaram em nada. Continuou deprimida e baixo-astral.

– Mas, um dia, tudo mudou – contou-me a filha de Oristânia. – Ela encontrou um conto sobre certa feiticeira que transformou um príncipe em sapo. Aquilo transformou sua vida!

Circidélia esqueceu-se de que detestava risadas e divertiu-se tanto com a história, que decidiu imitá-la: levou o livro para casa e disse à bibliotecária que ia capturar um príncipe e o faria coaxar.

Afinal, ela era a maior entendida em sapos, rãs e pererecas da cidade – talvez do estado, do país, do mundo! Passou a pesquisar mais contos folclóricos, encantamentos de transformação, alteração de DNA, mutação genética e outras possibilidades para o feitiço que desejava.

Até aí, tudo bem. O problema seria achar a cobaia.

Não adiantaria telefonar para as demais bruxas da cidade, perguntando se alguma tinha um príncipe sobrando no porão. A República havia sido proclamada fazia quase cem anos, e os descendentes da antiga família real andavam longe demais para serem capturados. Circidélia não arranjou sequer um primo distante de algum quase-príncipe que pudesse ser encantado.

Parece que, num dia em que voltava para casa de novo tristonha, pensando em como são raros os príncipes hoje em dia, ela prestou atenção aos sapos coaxando no brejo. Como morava lá fazia décadas, isso não era novidade; mas aquele coaxar específico despertou nela uma ideia.

E se fizesse o contrário? Se, em vez de virar um príncipe em sapo, ela virasse um sapo em príncipe? Pensando que valia a pena tentar, Circidélia animou-se. Ela passaria os meses seguintes percorrendo pântanos, lagoas e mangues em busca do sapo ideal.

Exigente como era, custou a encontrar um que lhe agradasse. Ou eram muito gordos, ou muito magros, ou rápidos demais e escapavam. Até que, após semanas de procura, ela viu um sapão com ar saudável e bem de jeito, distraído a caçar moscas. Infelizmente nem Livra nem eu conseguimos descobrir como foi a captura do batráquio. Sabemos apenas que ele foi levado para a casa da bruxa. E que, durante um mês, ela estudou a cobaia.

No mês seguinte, reescreveu os encantamentos para obter o efeito desejado: transformar o sapo num rapaz de sangue real. No terceiro mês começou as experiências.

Toda manhã, Circidélia dizia as palavras mágicas que conhecia e mais as que inventava. Misturava poções, chás e elixires à procura da fórmula mágica. Esborrifava no coitado. Trazia insetos para alimentar o hóspede.

E o sapo? Continuava sapo. Devia estar bem satisfeito com aquele vidão. Não é qualquer sapo que tem alguém que cuide dele com tanto carinho, na esperança de que um dia vire príncipe!

Pelo que Livra me contou, o tempo passou e nada de o sapo se transformar. Tudo indicava que a senhora Morganal não descobriu o encantamento perfeito. No entanto, ficou tão ocupada com as tentativas que, depois daquilo, não foi mais vista nas ruas da cidade com cara triste. Ela pode não ter conseguido um príncipe: mas arranjou um belo sapo de estimação...

Aquelas revelações cobriam o período da vida de Circidélia que me faltava conhecer. Depois disso, a população sapal aumentou, as forças mágicas municipais se concentraram nas águas e a cidade começou, pouco a pouco, a ser engolida pelo brejo. Alfácia, que nesse tempo era uma menininha, foi mesmo a última criança bruxa a nascer na cidade. Tudo isso me fez pensar...

Foi após essa fase que as mortes misteriosas começaram a ocorrer.

# Confronto

Na semana em que eu já me considerava quase preparada para enfrentar Circidélia, a jovem Alfácia veio me visitar. Estávamos no final de 2002. A mãe dela, Nabiça Vegana, elegera-se pela sétima vez no final de 2001 (recebeu um total de 62 votos e houve 9 votos nulos).

Pirada ou não, eu havia votado nela. Não só porque era a única candidata, mas também por medo. Uma nova teoria de conspiração espalhava-se: diziam que quem não marcasse o nome dela na cédula seria automaticamente transformado em taturana…

Segundo a filha da prefeita me contou, apenas a senhora (ou senhorita) Morganal não votou naquela eleição. O que queria dizer que, na cidade, agora, havia 72 habitantes humanos. Se é que os nove votos nulos não transformaram seus votantes em taturanas. Nunca apuramos isso.

Tomamos lanche juntas. Alfácia escolheu chá de pestana de dragão, mas comeu com gosto meu bolo de laranja com geleia de morangos. E, em meio ao chá, revelou:

– Vim me despedir. Vou estudar fora, na Nova Zelândia! Descobri que na cidade de Wellington há um dos melhores cursos de Especialização em Magia do mundo.

Perguntei se seus pais haviam concordado com aquela mudança. Alfácia sorriu tristemente e tomou mais um gole de chá. Depois, comentou:

– Meu pai desapareceu há duas semanas. Mamãe nem notou. Ela não se importa com minha partida: só fala em montar um plano de governo para as próximas eleições e derrotar a oposição!

Arregalei os olhos. Oposição? Que oposição?

Mas não discuti. Abracei Alfácia e pedi que me telefonasse sempre que pudesse (nós preferíamos cartas a telefonemas, porém, com a agência dos correios fechada, só mesmo as linhas telefônicas ainda nos ligavam com o mundo).

Ela partiu no dia seguinte, no trem da tarde para Borrecida. De lá iria para a capital e embarcaria para o exterior. Eu, Hécate e Livra fomos nos despedir dela na estação, que ultimamente andava cheia de rachaduras nas paredes. Logo após o trem partir, ouvimos um som esquisito.

Hécate miou e saltou para longe. Livra me puxou e gritou.

– Para trás, Esmê!

Recuamos para a estradinha e vimos a maior parte do teto da estação despencar...

Pouco depois disso, fui visitar Alcachofra Piscina. Encontrei-a fazendo as malas; ia embarcar para Chatiada naquela tarde. Disse-me:

– Decidi me aposentar. Vamos fechar as lojas Horta Paletó definitivamente. Livra é a herdeira, mas ela só pensa na biblioteca... Aqui, nem os gatos entram mais nas nossas lojas.

Era verdade. Até o número de gatos em BMO havia diminuído! Na caminhada que eu e Hécate fizemos até a estação para nos despedir de Alcachofra, vimos apenas uns três tomando sol na calçada das poucas ruas que não estavam inundadas pela água do brejo.

O trem para Chatiada partiu, e percebi de novo o mesmo ruído assustador. Peguei a gata no colo e corri, a tempo de ver uma parede despencar por cima dos escombros do teto. Quando a poeira baixou, ouvi um som amplificado de coaxar de sapos. Nem queria saber o que significava aquilo...

Sem Alfácia e Alcachofra, só restava na cidade uma bruxa tão poderosa quando Circidélia: Delcrécia Berinjela. Achei de bom tom ir à sua casa, mas, quando cheguei, não encontrei ninguém. A porta da frente estava aberta; os cômodos, vazios. Pensei que ela houvesse viajado, como as outras duas... Até que Hécate miou para as paredes da sala como se quisesse me mostrar alguma coisa.

Havia ali umas duzentas fotografias emolduradas. Eram os retratos dos jogadores do Novo Brejo

Esporte Clube, o time do coração de Delcrécia. Com os autógrafos dos retratados.

– Não – concluí. – Ela não iria embora sem levar sua coleção de fotos futebolísticas.

Hécate miou do jeito que sempre faz quando concorda comigo. E fomos embora.

Naquele final de ano, ligaram para minha casa avisando que meus filhos haviam sido aprovados na Universidade de Brejo Seco do Leste. Apressei-me a ajeitar a mudança de Almerindo e Cebolo para lá; uma tia de Eudóxio, que vivia na região, prometeu hospedar os dois. E foi assim que, em janeiro de 2003, despedi-me dos gêmeos.

– Vem com a gente, mãe! – Almerindo insistiu, já na estação ferroviária.

– BMO vai desaparecer nas águas do brejo! – Cebolo acrescentou.

Eu sabia que eles tinham razão.

– Eu vou. Mas não agora... – respondi. – Primeiro preciso ter certeza de que vocês vão se dar bem na faculdade. Podem esperar, logo eu e Hécate vamos também!

O trem que os levaria à capital chegou, partiu, e eu tratei de sair da estação rapidinho, porque desconfiei que mais paredes estavam prestes a desabar.

Acertei: duas desabaram, levantando pó e enchendo mais ainda o chão de escombros. Agora só restava uma parede em pé. E, depois daquele dia, os trens começaram a não parar mais diariamente na estação. Passaram a vir a cada três dias. Depois, a cada sete. Depois, a cada dez...

Alguns meses depois, achei melhor fechar o mercado. Ninguém mais aparecia para fazer compras mesmo. E eu poderia sobreviver vários anos consumindo os produtos do estoque.

Foi então que, em certa manhã de verão, acordei animada e me decidi.

– É hoje – disse a Hécate.

Ela miou, concordando, e saímos. Íamos em direção à periferia da cidade.

Fazia tanto tempo que eu não me afastava do centro, que somente então percebi a extensão da decadência de BMO. Além da avenida principal, da praça e de duas ruas secundárias, tudo havia afundado. O pântano avançava por cima das calçadas, das casas e das praças. Canas-do-brejo brotavam onde antes havia jardins. Para todo lado que eu e a gata olhássemos, só víamos água, água e mais água.

A saparia coaxava sem parar. Os pelos de Hécate se eriçaram; nunca tivéramos medo de sapos, mas aqueles moradores dos brejos circundantes não pareciam comuns. Eles nos olhavam de um jeito estranho... De um jeito não sapal. Comecei a desconfiar de que várias das pessoas que deixaram a cidade nos últimos tempos não haviam *realmente* ido embora. Talvez continuassem por ali, em outras formas, como moradores dos terrenos alagados.

Um sapo de topete que vimos no caminho se parecia tanto com Selmácio Anuro, o marido de Nabiça! E podia jurar que uma sapa que me olhou amigavelmente, babando gosma sobre uma pedra, era a cara de

Delcrécia Berinjela... Bem, ela sempre gostou de chá de gosma de sapo.

A casa de Circidélia era visível no meio do brejo, com as janelas abertas, cercada por canas e bambus. Para chegar lá, só nadando ou voando. E, de uma janela na casa brejosa, ela me observava.

Eu não era boa nadadora e nunca aprendi a arte dos pássaros, mas sempre tive uma garganta poderosa. Segui a gata até o último lugar seco e chamei.

– Bom dia, Circidélia! Vim fazer uma visita. Podemos conversar?

Ela saiu da janela e demorou para aparecer, até que finalmente a porta da frente se abriu e a dona da casa surgiu em seu vestido verde-escuro. Desceu uma escadinha, acenou para mim e disse:

– Venha.

Eu não ia botar o pé no brejo, porém Hécate se adiantou. Foi andando com seu passo leve e, coisa incrível! Onde ela pisava as águas recuavam, o terreno ficava seco. Imaginei que aquele fosse um encantamento de Circidélia. Ou seria um efeito mágico felino?

Andamos até a casa da bruxa. Lá havia dois bancos feitos de troncos em uma espécie de jardinzinho diante da escada de madeira que subia para a construção – que parecia uma palafita.

– Sente-se – disse Circidélia, indicando os bancos cercados por plantas aquáticas.

Sentei-me. Hécate pulou no meu colo, mas, apesar de ter ensaiado o que diria durante meses, eu não conseguia começar a falar. Ela não parecia uma bruxa tão poderosa agora: estava velha, cansada, tinha mais cara de sapa do que de gente. Então suspirou e me disse:

— Não precisa dizer nada. Sei o que está pensando. Você acredita que eu enfeiticei seu marido, e que por isso ele morreu. Também deve achar que estou implicada na morte dos futebolistas. Ficou com a pulga atrás da orelha e veio me confrontar com acusações, não é?

Hécate miou. Sorri amarelo.

— Eu não acuso ninguém, mas preciso *saber*, senhora Morganal. O brejo se espalha sobre BMO desde o nascimento de Alfácia Vegana. As águas estão tomando de volta o terreno que o Comendador tirou delas, há 154 anos. E eu andei pensando: foi um feitiço que deu errado, não foi?

Tive medo que o olhar de Circidélia me fulminasse. Em vez disso, ela suspirou de novo.

— Eu queria inibir os poderes da garota. Pensei que, se potencializasse a magia das águas, elas absorveriam os feitiços dela, quem sabe das outras bruxas também, e eu teria mais poder. Por um tempo parecia que tinha dado certo! Custei a notar que cada novo encantamento feito na cidade deu para desandar e causar efeitos... bem... trágicos. Como o que atacou o técnico do time que ficou verde: alguém só queria transformá-lo num pepino. O sujeito que ficou alaranjado devia ter sido transformado numa abóbora, o jogador de futebol, num repolho. Em vez disso, a magia fez seus corações pararem.

Pensei que aquilo fazia sentido, mas não explicava o que acontecera a Eudóxio. Ela captou meus pensamentos e confessou:

– Não enfeiticei o senhor Trampolim. Eu queria é atacá-lo com uma dose de raios coçantes para ele parar de rir! Sei lá por que, não funcionou. Ele reagiu de forma inesperada, como se tivesse sido atacado por algum encantamento anterior que potencializou os raios. E deu no que deu.

Finalmente eu entendi. Claro! Fora a tentativa malograda de Delcrécia Berinjela de transformar Eudóxio em sapo! Ele não virou um, só ficou comendo moscas; entretanto, a magia deve ter se mantido nele em estado latente até Circidélia lançar seu olhar verde-avermelhado… Aí tudo desandou e o pobre riu até morrer.

Hécate se aninhou no meu colo ronronando, como que para me consolar. E a senhora Morganal já ia suspirar pela terceira vez, quando sua casa começou a tremer toda e um som estranho veio lá de dentro. Parecia um chamado, que a fez levantar-se do banco com ar temeroso.

– Tenho de ir. Ah, um conselho: não ande perto do brejo depois de a noite cair, sim? Coisas esquisitas acontecem no escuro. Obrigada pela visita. Desculpe-me por não convidá-la a entrar!

Apressada, ela subiu a escadinha e sumiu por trás da porta da casa-palafita.

Tratei de sair dali depressa, com Hécate correndo à minha frente. Voltamos à área seca e à cidade, ambas tremendamente cismadas. Se alguma coisa lá dentro amedrontava a própria Circidélia Morganal, eu não queria saber o que era!

## Nasce uma cronista

Então virei escritora.

Cronista.

Não apenas para escrever sobre as bruxas e suas magias, mas para contar sobre a fundação de Brejo Molhado do Oeste e seus acontecimentos históricos, marcantes, trágicos.

Toda cidade precisa de um cronista. Alguém que conte sobre ela: as origens, as construções, as famílias, as curiosidades. Não só os fatos simples (quem saiu com quem, quem casou com quem, escapulidas de um ou sandices de outro); isso fica na esfera da fofoca. As crônicas de uma comunidade são mais que fofocas, são História.

E finalmente descobri que eu tinha, sim, um poder mágico: o poder da escrita. Do meu jeito, era também uma bruxa e conseguia misturar ingredientes – personagens, fatos, mistérios – e criar textos. Conseguia registrar, com alguma arte, histórias que sem as narrativas seriam esquecidas!

Além disso, escrever sobre meus conterrâneos, meus pais, Eudóxio, os moradores antigos de BMO e tudo o que aconteceu na minha vida foi uma verdadeira terapia.

Meses depois daquela minha visita ao brejo, Livra fechou a Biblioteca Olha o Gato.

Ela veio me visitar quando já estava pronta a partir e me deu de presente alguns dos livros que sobraram. Contou que ia se mudar para a casa da mãe, mas não me deixou o endereço (uns dizem que ela e Oristânia hoje vivem na Escócia, outros, que é na Transilvânia). Despedimo-nos com beijos, abraços e citações literárias. Acho que o trem que a levou foi o último a parar em nossa estação destruída... E percebi que o feitiço coçante já não funcionava mais.

Alfácia Vegana me telefonou algumas vezes. Antes, perguntava como estava sua mãe, mas logo a prefeita sumiu também. A sede da Prefeitura foi invadida pelo pântano e não restou ninguém lá; fui com Hécate para conferir e, por seus miados desconsolados, percebi que Nabiça Vegana não seria mais reeleita. Talvez não tenha querido ser a poderosa mandante em uma cidade cheia de sapos, rãs e pererecas... Talvez tenha se transformado em sapa também e esteja agora mais feliz e menos pirada que antes. Quem sabe? Bem, Alfácia deve saber, pois desde 2005 não me telefona mais.

Já meus filhos telefonam toda semana. Agora estão formados; Almerindo arrumou um emprego e se casou. Cebolo está fazendo especialização em alguma coisa que não entendi direito o que é, mas parece importante. Ele está noivo e quer que eu me mude para Brejo Seco do Leste e ajude com os preparativos do casamento.

Irei assim que concluir minhas crônicas.

Em nossas conversas, percebi que os gêmeos já não recordam muita coisa de sua infância neste brejo. Acho até que nem acreditam mais em magia ou na existência de bruxas.

Talvez seja melhor assim. Afinal, agora não há mais bruxas aqui. Só *ela*. A senhora (ou senhorita) Morganal continua lá no brejo, sozinha (ou não, vai saber).

Dos gatos da cidade, só sobrou Hécate.

E, depois que alguma coisa comeu a parte de baixo da placa da estação ferroviária, uma nuvem de esquecimento foi mesmo lançada sobre Brejo Molhado do Oeste.

Primeiro, os moradores das cidades vizinhas esqueceram que nós existíamos. Depois que os trens começaram a nos ignorar, a magia passou a infestar a cartografia do Estado, apagando os vestígios de que nossa cidade tinha sido algo mais que uma bolinha vermelha nos mapas.

Eu já havia rascunhado muitos textos, quando finalmente resolvi organizar todas as minhas anotações e pesquisas. Abri uma caixa de canetas e preparei uma pilha de cadernos para passar minhas crônicas a limpo. A intuição sempre me disse que, um dia, um escritor ou uma escritora vai aparecer aqui e levará embora meus manuscritos: essa é minha esperança de manter viva a memória de BMO.

Num dia ensolarado de primavera, com Hécate a meu lado, abri o primeiro caderno e destampei uma caneta, certa de transmitir a meus manuscritos a mesma magia que me protege.

E comecei a escrever.

# Capítulo VII

## Agora, sim, cidade-fantasma

Assim terminou o sexto caderno que contém os manuscritos encantados da senhora Trampolim. Eu havia transcrito as suas crônicas no computador e precisava decidir o que fazer. Publicá-las juntas em um livro de papel? Pôr na internet como livro virtual? Apagar tudo?

Não, eu não podia apagá-las. Não poderia colaborar com o esquecimento. Queria recordar que, um dia, a curiosidade me levou a conhecer uma cidade-fantasma – lugar que no passado abrigou bruxas, sapos e água de brejos, mangues, pântanos, lagoas...

Queria fazer a vontade de Esmê e manter viva a lembrança daquele município bizarro.

Pensei muito nas alternativas. Mas, antes de tomar uma decisão, achei que devia voltar a Brejo Molhado do Oeste. Não sabia o que ia descobrir lá, só me deixei levar pela intuição, como tantas vezes fez dona Esmengárdia das Lajes Trampolim.

Dessa vez, não disse para ninguém aonde ia. Refiz o mesmo caminho: peguei o trem até Chatiada, desci na estação da cidade. Numa das paredes havia um mapa da região igual ao que eu já tinha visto; olhei de perto, e, como desconfiava, não encontrei nada: nem bolinha vermelha, nem sinal de que entre Borrecida e Chatiada tivesse existido um município.

A magia se espalhava.

Fui para a rua e procurei um táxi que me levasse até aquela mesma construção em ruínas. Claro que o taxista pensou que eu era maluca, desocupada ou alienígena... Mesmo assim, tomou a estrada asfaltada que indiquei, depois a rua de paralelepípedos e a estradinha de terra. Pedi que ele parasse quando vi que estávamos no descampado onde eu havia descido da outra vez.

— Por favor, espere aqui, volto em um minuto — pedi ao taxista.

Muito cismado, o homem concordou.

Eu podia ver a construção que um dia tinha sido a estação de trem de BMO. Estava diferente: a última parede havia acabado de despencar.

Fui até a pilha de tijolos e telhas. O mato e o brejo tinham chegado lá. O caminho estreito, forrado de pedrinhas cinzentas, por onde eu havia andado naquele dia, agora estava sob uma camada de água. Não era mais possível passar.

Lá adiante, enxerguei os restos da cidade. Vi postes tortos enredados por trepadeiras e os telhados desaparecidos entre os tufos de árvores. Mexi na minha bolsa e peguei minha mais recente aquisição: um binóculo.

Muito, muito ao longe, no meio do brejo, vi o que me pareceu serem os restos de uma casa de madeira cercada por canas e bambus. Para chegar lá, eu teria de nadar ou voar.

"A casa *dela*", pensei, mexendo no mecanismo do binóculo para ver melhor.

> Sim, ela continua contendo coisas variadas que podem ser úteis.

Constatei que aquilo, um dia, fora uma espécie de palafita.

E, no que devia ter sido uma janela, havia algo se mexendo...

Juro, tinha a forma de um sapo! Não como os outros que eu vira por ali: era muito maior e tinha olhos escuros, brilhantes, esquisitos. Parecia inteligente... Pior: parecia *me ver*! Mas aquilo era impossível. Àquela distância, o suposto sapo ou sapa seria maior que uma pessoa!

Pois aí ele ou ela resmungou algo que soou como um rugido que ecoou, fez tremer o chão, e depois a criatura sumiu nos escombros. Uma sensação de medo me invadiu.

*(Nota mental: pode ser uma boa ideia escrever uma história sobre uma cidade-fantasma onde reina uma bruxa que teve um sapo de estimação e que pode, ou não, ter virado sapa... Desde que a bruxa em questão não descubra, é claro.)*

Aquilo não era bom. Nada bom! Guardei o binóculo e recuei... Ao redor, insetos zumbiam e sapos normais coaxavam. E o taxista, lá longe, buzinou. Hora de ir embora.

Era definitivo: Brejo Molhado do Oeste se transformara, oficialmente, em uma cidade-fantasma. Eu não ia esperar que a noite caísse para descobrir que criatura maligna a assombrava!

Voltei à cidade com o mesmo táxi e, na estação, peguei o primeiro trem para a capital.

Foi no caminho de volta, quase adormecendo no embalo do movimento do trem, que certas coisas escritas nas crônicas da senhora Trampolim voltaram, insistentes, à minha memória.

*Cansaldo Mofino atirando pedras num sapo no lago da cidade.*
*Oristânia Sapone testando seu elixir em um anfíbio preguiçoso.*
*As construções expulsando o brejo para longe do que logo seria uma cidade.*
*O sapo atlético voltando a Brejo Molhado do Oeste depois de correr o mundo.*
*Circidélia tentando criar um feitiço inibidor que desandou e contaminou as águas.*
*Suas tentativas infrutíferas de encontrar um sapo para transformar em príncipe.*
*A falha em atingir Eudóxio com raios coçantes por haver nele um feitiço anterior.*

*A cidade sendo invadida pela água e as pessoas transformadas em anfíbios.*
*O estranho chamado na casa-palafita, que deixou Circidélia com medo de algo...*

Tudo aquilo misturou-se na minha cabeça durante a viagem. Acordei sobressaltada, recordando as palavras que vivem na ponta da caneta dos escritores, provocando-os a escrever:
– E se...?
Quando a agente escreve "E se...", a imaginação viaja e tudo pode ser possível.
*E se* o sapo em que Oristânia testou o elixir antipreguiça fosse o mesmo que tomava pedradas de Cansaldo no laguinho? *E se* ele, após viajar muito, tivesse retornado a BMO com raiva do sujeito que o apedrejava e que drenou o brejo para construir a cidade? *E se* fosse exatamente *ele* o sapão que Circidélia levou para casa e tratou com poções e encantamentos? *E se* ele tivesse adquirido poderes e quisesse recuperar o terreno que o atirador de pedras lhe havia surrupiado?
Isso explicaria muita coisa.
Incomodava-me ler nos manuscritos de Esmê que os feitiços da senhora Morganal falharam. Como seria possível, sendo ela uma bruxa tão poderosa? Claro, se o sapão já era encantado, suas tentativas com ele não funcionariam direito, como quando tentou fazer Eudóxio Trampolim coçar-se: segundo ela mesma, encantamentos

acumulados causavam efeitos indesejados... Talvez tivessem ampliado o tamanho e conferido poderes ao sapão! Por isso Esmengárdia a viu voltar para a casa-palafita amedrontada ao ouvir *alguém* chamando.

Não parece lógico que um sapo poderoso (e com raiva de BMO) poderia aliar-se ao feitiço que desandou e potencializou a magia das águas? Aquilo começou com o nascimento de Alfácia Vegana e com a imprevidência de Circidélia, desencadeando as várias tragédias...

Cheguei em casa convencida de que o sumiço da cidade, as transformações e a perda do poder *dela* deviam-se a *ele*. A um pobre sapo machucado que se transformara numa criatura muito, muito mais poderosa que todas as bruxas brejomolhadenses juntas...

Ao entrar em casa, sentia-me preocupada com Esmê. Ao formular minhas hipóteses sapais, não tinha certeza de que ela tivesse conseguido sair da cidade em segurança.

Então vi um envelope em minha caixa de correspondência. Achei estranho, porque o carteiro havia passado antes que eu saísse. Quem teria entregado aquilo ali?

Para piorar minha estranheza, não havia remetente. Com um pouco de medo, abri o envelope. Ele continha uma passagem de ônibus e um bilhete...

Logo reconheci a letra clara e caprichada de Esmengárdia.

Ufa! Minha preocupação passou: ela devia estar segura, com a gata e os filhos. A passagem de ônibus fora emitida em meu nome e era justamente para Brejo Seco do Leste!

Sentei-me para ler o bilhete.

> *Prezada colega de escrita, tomei a liberdade de comprar uma passagem de ida e volta, em seu nome, para a cidade onde agora moro. Estamos todos bem aqui; tive muitas surpresas e bons reencontros com amigos e conhecidos do passado! A data da passagem pode ser mudada de acordo com sua agenda, fico na torcida para que possa vir. Tomaremos juntas um bom chá (nada de pestanas de dragão ou gosma de sapo, eu prometo) com bolo e geleia. Sim, voltei a preparar geleias de fruta, que meus filhos e noras adoram, hi hi hi! Voltei também a escrever. O sétimo caderno está quase terminado e mal posso esperar para lhe entregar. Espero-a com ansiedade!*
>
> *Atenciosamente,*
>
> *Esmengárdia das Lajes Trampolim.*
>
> *P.S.: Hécate manda lembranças.*

Pus tudo de volta no envelope.

Está decidido: vou imprimir o texto dos seis primeiros cadernos e mandar para uma editora. Depois, usarei a passagem e irei para Brejo Seco do Leste. Estou ansiosíssima para conversar com Esmengárdia e contar a ela minhas conclusões sobre o sapo! Estou curiosa também para ler o conteúdo do sétimo manuscrito.

*(Nota mental: talvez deva esperar pelo caderno de número sete para publicar tudo. Ou não? Sete é um número significativo para escritores. Mas seis também é. Ou cinco. Ou quatro. Ou três...)*

De qualquer forma, se um dia desses uma bruxa poderosa ou um sapo gigante ficarem zangados comigo por publicá-los e aparecerem querendo me transformar em lesma (ou em coisa pior), não terei medo.

Sei que a magia destes manuscritos me protegerá...

Mas, por via das dúvidas, acho que vou arrumar um gato.

# Cronologia

**1807** Nasce Oristânia Sapone, na cidade interiorana de Chatiada.

**1827** Oristânia casa-se com Desim Portant.

**1830** Nasce Livra Sapone Portant.

**1833** Oristânia separa-se de Desim.

**1847** Verão – Livra apresenta o namorado à mãe (tem dezessete anos).

**1850** Janeiro – fundação de BMO.

Maio – casamento de Livra e C. M. Horta Paletó.

**1852** BMO se torna uma Freguesia.

**1855** A família Morganal se muda para BMO.

Nasce Circidélia Morganal.

**1860** Primeiro recenseamento de BMO: 342 habitantes.

**1872** BMO se torna um Município.

Fundação do Brejense Futebol Clube.

**1885** 4 de julho – Morte de Cansaldo Mofino Horta Paletó (enterro em 5 de julho).

**1888** Oristânia Sapone vai para a Europa.

Fundação da Biblioteca Olha o Gato.

**1902** Um vereador tenta inutilmente aprovar a Lei da Votação Brejosa.

**1950** Centenário de BMO.

**1955** Nasce Esmengárdia das Lajes.

Hécate, a gata, adota os Lajes.

Os imigrantes, Sr. e Sra. Vegana, chegam a BMO, vindos da Itália.

Registro do nascimento de Nabiça Vegana.

**1960** Fundação do jornal *Semanário Brejomolhadense*, por Sênior Mosquito.

**1973** Nabiça Vegana, aos dezoito anos, elege-se vereadora.

**1975** Morte por esmagamento lesmal do Sr. e da Sra. Lajes.

Início do Feitiço de Proteção que envolve Esmengárdia das Lajes (que tem vinte anos).

Primeira Eleição de Nabiça Vegana.

**1976** Nabiça assume o mandato na Prefeitura.

**1977** Esmengárdia casa-se com Eudóxio Trampolim.

**1980** Início do segundo mandato de Nabiça Vegana.

Nabiça casa-se com Selmácio Anuro.

**1982** Nasce Alfácia Vegana Anuro.

**1984** Nascem os gêmeos, Almerindo e Cebolo das Lajes Trampolim.

Início do terceiro mandato de Nabiça Vegana.

**1986** Eleitério Mosquito assume a redação do *Semanário Brejomolhadense* após o falecimento de seu pai, Sênior Mosquito.

**1988** Quarto mandato de Nabiça.

**1992** Quinto mandato de Nabiça.

Fundação do Novo Brejo Esporte Clube.

Primeira morte misteriosa.

**1993** Segunda e terceira mortes misteriosas.

**1996** Sexto mandato de Nabiça.

**2000** Reunião secreta das bruxas na Biblioteca.

Recenseamento indica que BMO possui 180 habitantes.

**2001** Janeiro – jogo beneficente de futebol entre o Brejensinho F. C. e o Novo Brejinho E. C.

Morte de Eudóxio Trampolim.

Esmengárdia começa a pesquisar sobre fatos do passado.

**2002** Inicia-se o sétimo (e último) mandato de Nabiça Vegana na Prefeitura.

Alfácia Vegana vai estudar especialização em magia na Nova Zelândia.

Última contagem da população
de Brejo Molhado do Oeste:
72 habitantes (humanos).

**2003** Janeiro – Almerindo e Cebolo vão
para Brejo Seco do Leste.

No segundo semestre, Esmengárdia
fecha o mercado Lajes.

**2004** Livra fecha a Biblioteca Olha o Gato.

Na primavera – Esmê visita Circidélia
no brejo.

**2005** Último telefonema de Alfácia para
Esmengárdia.

**2006** Brejo Molhado do Oeste some dos mapas
e é quase completamente esquecida.

**Dias de hoje** São finalmente publicados os
Manuscritos Encantados da
Senhora Trampolim.

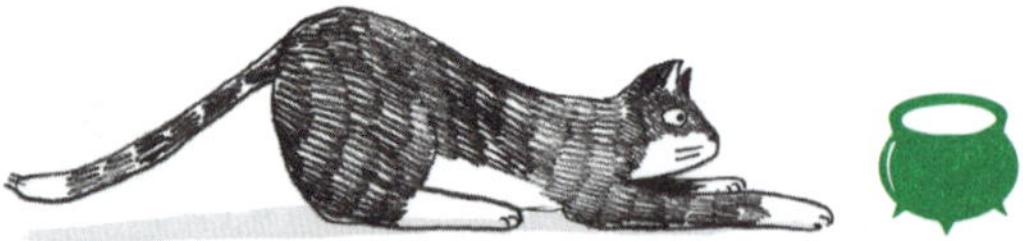